문학과지성 시인선 422

사는 기쁨

황동규 시집

문학과지성사

문학과지성사에서 펴낸 황동규의 시집

나는 바퀴를 보면 굴리고 싶어진다(1978, 개정판 1994)
악어를 조심하라고?(1986, 개정판 1995)
몰운대行(1991, 개정판 1994)
미시령 큰바람(1993)
풍장(양장본, 1995)
외계인(1997)
버클리풍의 사랑 노래(2000)
우연에 기댈 때도 있었다(2003)
꽃의 고요(2006)
겨울밤 0시 5분(2015, 시인선 R)
연옥의 봄(2016)
오늘 하루만이라도(2020)
봄비를 맞다(2024)

문학과지성 시인선 422

사는 기쁨

초판 1쇄 발행 2013년 1월 25일
초판 11쇄 발행 2024년 12월 2일

지 은 이 황동규
펴 낸 이 이광호
펴 낸 곳 ㈜문학과지성사

등록번호 제1993-000098호
주   소 04034 서울 마포구 잔다리로7길 18(서교동 377-20)
전   화 02)338-7224
팩   스 02)323-4180(편집) 02)338-7221(영업)
전자우편 moonji@moonji.com
홈페이지 www.moonji.com

© 황동규, 2013. Printed in Seoul, Korea

ISBN 978-89-320-2380-9 03810

문학과지성 시인선 422

사는 기쁨

황동규

2013

시인의 말

죽어서도 꿈꾸고 싶다.

황동규

사는 기쁨

차례

제3부

제1부

이별 없는 시대

늙마에 미국 가는 친구
이메일과 전화에 매달려 서울서처럼 살다가
자식 곁에서 죽겠다고 하지만
늦가을 비 추적추적 내리는 저녁 인사동에서 만나
따끈한 오뎅 안주로
천천히 한잔할 도리는 없겠구나.

허나 같이 살다 누가 먼저 세상 뜨는 것보다
서로의 추억이 반짝일 때 헤어지는 맛도 있겠다.
잘 가거라.
박테리아들도 둘로 갈라질 때 쾌락이 없다면
왜 힘들여 갈라지겠는가?
허허.

마른 국화 몇 잎

다 가버리고, 남았구나
손바닥에 오른 마른 국화 몇 잎.

짧은 가을이 갔다.
떨어진 나뭇잎들 땅에 몸 문지르다 가고
흰머리 날리며 언덕까지 따라오던 억새들도 갔다.
그대도 가고
그대 있던 자리에
곧 지워질 가벼운 나비 날갯짓처럼
마른 국화꽃 내음이 남았다.

우리 체온이 어디론가 가지 못하고 끝물 안개처럼
떠도는 골목길에
또 잘못 들어섰다든가
술집 주모 목소리가 정말 편안해
저녁 비 흩뿌리는 도시의 얼굴 그래도 참을 만하다
든가
그대에게 무언가 새로 알릴 거리 생기면

나비 날갯짓 같은 이 내음을 통해 하겠네.

나비 날갯짓이 지구 반대편에 가서 폭풍을 낳는다
고도 하지만

가을이 아직 남아 있다고 생각지는 마시게.

그리움의 끄트머리는 부교(浮橋)이니

바다로 가는 갈대의 물결 어둑해지고
성긴 눈 날린다.
눈이 몰리는 저 부교!
그대 생각이 바다로 들어가다 걸음 멈추고
쓸쓸히 침착히 눈을 맞고 있다.

어제도 그랬다.
물새 하나가 막 잠에 빠지는 듯 꾸벅꾸벅 울었다.
바다가 납빛으로 가라앉았고
민박집 라디오가 고요해졌다.

갈대들을 지나
발밑에서 누군가 반 발짝씩 앞서 소곤소곤대는
눈 가늘게 덮인 조가비 밭을 건너
부교로 간다.
새가 잠투정하듯 몇 마디 울다 만다.
검고 투박한 부교 판자에
바로 여기냐는 듯 흰 깃들이 날아와 앉는다.

눈 이불에 깃들이 덧입혀진다.
새로 여며지는 이불깃
잔바람에 힘없이 벗겨지기도 한다.

하루살이

호기심에 홀려 머뭇머뭇대다
지도에 채 오르지 않은 산길로 들어섰다.
투덜대는 차 달래며 풀 듬성듬성 난 돌길 천천히
달려
벼랑 가를 돌자 무덤이 한 채,
지난 비에 쓰러진 나무가 길을 막고 있었다.

차 돌리려 뒷걸음치다 후미등 하나 깨트리고
앞으로 빼다 나무 그루터기에 범퍼를 대고
헛바퀴를 돌렸다.
시동 끄고 차에서 내리자
무엇엔가 막 씻긴 듯한 고요
수평으로 해가 지고 있었다.
날개 쫑긋 단 단풍나무 씨들이
무얼 하러 오셨냐는 듯 각기 제 곡선을 그리며
가볍게 주위를 맴돌았다.

눈어림으로 차 돌릴 자리를

재보고 다시 재보았다.

바퀴를 안고 짓이겨진 쑥부쟁이들,

걱정스레 해가 지고 있었다.

바퀴 꺾임 다시 한 번 살펴보고 차에 오르려는 손등에

가벼움 하나가 내려앉았다.

인간의 입김을 타보려는 씨도 다 있네.

후 부니 의외로 위로 날았다.

아 하루살이, 자신을 우습게 보며 즐길 내일마저 우습게 보는!

뭘 하지?

히스토리 채널 고대 중국 무기 재현이 끝나며

깜박 들던 잠이 깬다.

왕대로 만든 포신이 제대로 대포알을 뱉어냈던가?

수백 촉 화살이 불꽃들을 해 달고 적진으로 날았던

가?

열 시,

언제부터인가 창을 도닥이는 가을비.

내일부턴 산책길에 쑥부쟁이들 기 꺾이고

낙엽들 소리 없이 굴러다니고

억새들은 흰머리를 날리겠지.

또 남미산(産) 미라의 신원 찾기가 시작되는구나.

채널을 바꾸려다 그만 끈다.

신산한 가을비 소리.

이제 뭘 하지?

뭘 하긴!

우산 쓰고 나가

빗소리 억양을 높였다 낮췄다 하는 골목들을 지나

대문 지붕이 검은 빗물 흘리는 알전구 켜진 문들을 지나

어둠의 바닥에 몸을 튕기는 빗발들을 빛의 원뿔로 만드는

가로등이 지키고 선

관운장 모신 문 닫은 남묘(南廟)에 올라

환한 원뿔 빗소리 속에 들어가

이제 뭘 하지? 산다는 게 도대체 뭐람? 같은

혼자 묻고 혼자 답하는 물음들을 비우고

찬비에 몸속까지 식는 새들이 서로 괜찮지? 괜찮지? 주고받는

부리를 서로의 깃 속에 파묻는

조그만 꾸국꾸국 소리를 담고 내려오지.

가을 저녁 고속도로 휴게소에서

갈까마귀 떼 두번째로 하늘을 가로질러 오는 저녁,
많이 성겨졌구나.
주차장에선 낙엽들 굴러다니기 바쁘군.
나무들은 지금쯤
몸에 꽉 끼는 나이테 두르기 시작했겠지.
어슬어슬 마음이 마른다.

낙엽을 밟으며 화장실에 다녀온 듯
간격을 두고 두 사람이 발을 털며 들어와 마주 앉
는다.
표정을 보니 한 손금 위의 두 점,
향 날아가는 커피 앞에 놓고
둘 다 말없이 창밖을 내다본다.
아 지겨워, 어디 다른 손금 한번 타볼까?
그거 좋지, 콩깍지에서 콩알 탁 튀어 날 듯.
헌데
서둘러 전조등 켠 성급한 차들도 가라는 데로만 달
리는 고속도로,

튈 곳은 어디?

몸부림 털듯 마음을 털며 일어선다.
나서봐야 굴러다니는 낙엽 속에서
한눈팔고 있는 차 곁으로 가는 일.

눈 쓰리고 속 쓰린 가을 저녁,
무엇엔가 뜯긴 표정 지닌 사람 둘이
옆 차에 나란히 올라 시동을 건다.
그들의 얼굴, 바람에 구르는 마른 낙엽 느낌,
빈터에서 덧없이 밟히지 않기를 빈다.
나도 시동을 건다.

겨울날 망양 휴게소에서

흐린 바다 한 팔로 끼었다 풀어주었다 하며
급커브 고갯길을 오르내리다가
바닷속으로 확 터진 곳으로 나간다.
눈앞에 섬들 어정대는 해남 땅끝보다도 더 땅끝,
서른여섯 살 부채처럼 퍼지는 바다
너무 퍼져 섬 같은 것들 다 새어 나가고
갈매기 몇 성글게 날고 다시 보면 보이지 않고
고개 돌려가며 보아도 다 들어오지 않는 시야,
가볍게 열리는 현기증.

한반도가 뵈지 않는 곳에 왔다.
축산은 어디고 옥계는 어디? 지명(地名)과 방파제
들 다 사라지고
공중에서 눈송이 몇이 춤춘다.
휴게소 쪽으로 가다가 발을 멈춘다.
두터운 구름 아래
바다 혼자 둥글게 떠 있는 곳,
이름 모를 새 하나 휴게소 위로 떠올랐다 사라진다.

춤추던 눈송이들도 사라진다.
공중에서 증발하든 세상 밖으로 새든
현기증 밖으로 환하게 사라질 수 있다면!

눈발 새로 날리기 시작한다.
안개등 켜고 차가 비실비실 주차장에 들어오고
목도리 두르며 사람들이 내린다.
지워졌던 추억의 한 장면 같다. 다시 지우려는데
눈앞에서 한 여자가 얼음 잘못 디뎌
엉덩방아 찧으려다 간신히 몸을 가눈다.
눈송이 몇 점 안개꽃처럼 올라 있는 머리,
나도 모르게 눈 높이로 고개 숙여 인사한다.
눈송이 몇이 까딱 고개 숙여 답한다.
금시 털릴 눈송이들하고 밝은 인사 나눈 곳.

묵화(墨畵) 이불

2011년 1월 16일, 일, 마냥 맑음.
서울 최저기온 영하 17.8도, 낮 영하 10도
눈 속을 한없이 걷는 것처럼 오전을 보냄.
차 등에 덮인 눈 쓸어주려 나가보니
연고처럼 살에 달라붙는 추위.

베란다 화분들에게 거실 문 좀더 열어주고
가벼운 추위 속에서 가볍게 책을 읽음. 문득
나도 모르게 거실 마룻바닥에 깔리는
건너편 동과 동 사이 나무들의 맑은 그림자와
베란다 난들의 짙은 실루엣이 만나며 실시간으로 만드는
긴 네모꼴 묵화.
겨울 해가 건너편 동 뒤로 넘어가며 거실 빛을 거두고
조금 후 동과 동 사이를 건너가며 깔리기 시작해서
십여 분 후에는 언제 그런 게 있었냐는 듯 사라지는
그림자 무늬가 제대로 펼쳐지는 건

22

겨울 중에도 지금 바로 이때,
마룻바닥 한가운데에 잠시 이불처럼 덮였다 벗겨지
는 묵화.

그 속에 들어가 몸을 눕혀본다.
내 몸의 넓이와 길이에 얼추 맞는다.
이곳에서 스물 몇 겨울을 살아내면서
묵화 이불 속에 들어온 건 이게 처음이지?
느낌과 상관없이 '따스하다'고 속삭인다.
벌레처럼 꿈틀거려본다.
지금까지 바른 느낌과 따스한 느낌 가운데 하나를
고르라면
늘 바른 느낌이 윗길이라고 생각하며 살아왔지만
이 허전한 따스함이 지금
식어가는 마음의 실핏줄들을 다시 뎁혀주는구나.

혼

지금 내 삶의 좌표를 그린다면 고교 수학시간에 익힌

곡사 포탄 낙하지점 상공의 포물선 기울기일 것이다.

망막이 뿌예지는 막막한 하강……

하강하는 건 나, 그럼 상공은 어디 있나?

누군가 발을 구르고 있는 9층, 아니면 10층, 15층, 옥상?

찬찬히 살펴본다.

나와 가족이 오르다 말고 20년간 머물고 있는 이 아파트 8층,

책 책장 장롱 침대 오디오 기기들

노래하고 있는 비엔나의 젖빛 하늘 구스타프 말러의 가곡

나이 먹은 컴퓨터와 더 늙은 사전들, 메모지

그리고 프린터가 자리 잡고 있는 책상,

거실에는 스프링 늙어진 소파와 텔레비전

가둬둘 값어치 없는 것들이 주로 갇혀 있는 장식장

꽃이 줄기 채 마른 화병, 흔들어도 소리 내지 않는
정다움,
있는 것은 다 있다.

베란다를 내다본다. 화분들은
노랗게 익은 파프리카 두 개 달고 뻐기는 놈까지
다들 잘 있다. 말을 걸면 모두
왜 그러시느냐는 표정을 지을 것이다.

베란다 오른쪽 끝 창밖에 달려 있는 저건?
하늘 한 곳을 향해 꼼짝 않고 매달려 있는
위성방송 안테나,
무엇인가 계속 담지만 담겨지지 않는 접시.

가만, 인간에게 혼이 있다면 혹 저 형상을 띠지는
않을까?
찾기 전에는 있는 줄 모르고,
혼 같은 건 없다!고 대놓고 말해도 흔들림 없이

꼿꼿한 자세로 하늘 한 곳을 향해 매달려 있을.

혼의 조련사 단테가 상처 난 혼도 고칠 수 있다고
했으니
깨지면 흔쾌히 버려질 수 있는 접시보다는
옆에 강물이 흘러도 목마른 뜨거운 바램이거나
제때 몸을 빼기 힘든 거대한 음모에 더 가깝지 않
을까?

화단에서 시드는 꽃들을 만져주고
이웃과 인사를 나누는 몸을 천천히 떼어내
생각에 잠겨 층계를 걸어 올라갈 때
불현듯 층계 위가 온통 환해지고
몸이 공중에 붕 뜨는 느낌에 휩싸이는
저세상 같은 현기증일까?

아니면, 정신 차리고 계단을 내려와
아파트 후문,

건너편에 어깨동무하고 있는 부동산중개소 안경점 호프집 약방

　이켠엔 손님 별로 들지 않는 꽃가게와 구둣방

　바삐 오가는 사람들과 뒷 *빠지게* 달리는 오토바이들

　아슬아슬 U턴 하는 차

　그들이 들이쉬고 내뱉는 검은 숨과 관절 부비는 소리

　쇳가루 태우는 기름 냄새를

　다 함께 숨쉬며 거듭 보고 듣고 맡으라는 삶의 본때일까?

　유모차에 탄 아기가 우연인 듯 혼불인 듯

　어둑한 공기 속에 소리 없이 다가와 방긋 웃을 때까지.

시네마 천국

누구누구 선생이시죠, 넣은 전화
통화 도중 그 이름 증발했다.
말 얼버무리다가 떠오른 생각
아 이게 바로 막장!
헤아려보면 나는
먼동이 몇 번 텄던, 그리고 더 많이 헛텄던
사막이었어.

이 사막 어떻게 하지?
막막한 이 마음 난(蘭) 물 주듯 추스른다면
　언젠가 들이닥칠 기억의 밑바닥이 말끔히 비워질
막장
　일하다 문득 손 놓고 일어서듯 맞이하게 될까?
　전화 끊고 조금 있다 사라졌던 이름 떠오르고
　초여름 꽃들이 말없이 시들고
　더위 식히는 초밤 서서히 깊어가고
　전화 걸어 그 이름 다시 불러보고 싶은 마음 추스
른다면

언젠가 들이닥칠 기억의 밑바닥이 말끔히 비워질 막장
우두커니 일하던 자리 내려다보듯 맞이하게 될까?

타이머 넣은 선풍기가 나간다.
종점에서 막차를 비우며 사람들이 흩어지고
혼자 남아 잠든 사람을 기사가 와 깨울 것이다.
이참에, 그래 이참에, 누군가의 마음속에서 내 이름 불현듯
사라졌다 나타났다 사라졌다 나타났다 하면
그게 시네마 천국이 아니겠는가.

영원은 어디?

때아닌 추위 강습,
오리털 점퍼 끄집어내 덧입고 나선 산책길
길섶 누른 풀은 눈 맞고 얼어 풀떡 범벅되었고
아직 땅에 내려오지 못한 졸참나무 잎새들이
머리 위에서 쓰렁쓰렁 귀 시린 발성을 한다.
너는 지금 네 추위 속을 걷고 있어.

언덕을 넘자 서리 허옇게 깔린 길 가장자리
  엄청 큰 귀룽나무 잔가지들이 얽어 만든 그림자 빛
속에
  참새보다 쬐금 더 큰, 참새보다 등 검은 새 하나
  옆으로 누워 있다.
박새인가?
걸음 멈추고 살펴보니 가벼운 스웨터 바람으로
무리하게 미래 여행 떠난 몸,
입 다문 얼굴
잔바람이 가슴께 털을 부풀려보고 있다.

그가 간 곳은 더 춥지 않을까. 신발마저 없으니
발갛게 언 발 꺾어 달고 떨며 날고 있을까.
아니면 거기는 이미 미래의 땅, 여기서는 뵈지 않는
유채꽃 노랗게 머리 흔드는 봄
꽃 사이를 고개 까딱까딱 걷고 있을까?

가만, 새 쪽에서 보면 지금 여기는 그의 마지막 과거
한 번 떠나면 다시는 얼씬할 수 없는 이곳이
그의 망막에 영원히 인화돼 있지는 않을까?

장갑을 벗고 새의 맥을 짚어본다.
손등에 얹히는 나뭇가지 그림자 아래 굳은 몸
과거 쪽에서도 미래 쪽에서도 기척이 없다.
영원이란, 무한으로 달려가던 삶의 관성(慣性)이
죽음과 충돌,
과거와 미래가 벗겨지는 상태가 아닐까?
앞날의 아픔이 지난날 기쁨에 미리 들키고
지난날 물결치던 고통이 앞날의 잔잔함을 거부하기

도 하는,
　지난날의 내가 앞날의 나에게 손을 내밀 때
　손끝과 손끝이 닿으려는 찰나
　둘의 위치가 확 바뀌기도 하는.

　나도 모르게 시린 발을 한 번 구른다.
　영원이 있다면
　그 영원 쪽에서 보는 지금 여기도 영원,
　함께 얼굴 찌푸리고 함께 웃다 하나씩 가버린 입과
귀들
　너무 멀어 수신하기는 힘들어도
　영원 한편에서 간절히 생각의 키를 누르면
　상대편 휴대폰 차임이 가느다랗게 울리지 않을까,
　잔가지 그림자를 눈에 띄지 않게 옮겨놓는
　귀룽나무 뒤 겨울 해의 움직임만큼으로라도.
　영원이란 가까이 두고 아껴온 것을
　생각이 가닿는 곳보다 더 멀리 보내는 일인가?

옆 덤불 속 보이지 않는 새들이

뭔 별일이냐는 듯 몇 번 비빅댄다.

별일이라니? 순간적으로

누운 새가 입을 열었다는 착각에 빠졌다가

다시 보니 그대로다.

고개를 들어보니 햇빛을 받아

덤불이 무대처럼 환하다.

어디 도중에 우스워죽겠는 연극의 속편 같은 영원

은 없을까?

살구꽃과 한때

마을 안에 차 집어넣고
이 집, 한 집 건너 저 집, 또 저 집,
구름처럼 피고 있는 살구꽃과 만난다.
빈집에는 작지만 분홍빛 더 실린 꽃구름,
때맞춰 깬 벌들이 이리저리 날고
날개맥(脈) 덜 여문 나비들이 저속으로 오간다.
소의 순한 얼굴이 너무 좋아
소 앞세우고 오는 마을 사람과 눈웃음으로 인사한다.
하늘 구름이 온통 동네에 내려와 있으니
말을 걸지 않아도 말이 되는군.
차에 올라 시동 걸고도 한참 동안 밖을 내다본다.
꽃들의 생애가 좀 짧으면 어때?
달포 뒤쯤 이곳을 다시 지날 때
이 꽃구름들 낡은 귀신들처럼 그냥 허옇게 매달려
있다면……
꽃도 황홀도 때맞춰 피고 지는 거다.

다리를 건너 가속페달 밟으려다 말고

천천히 차를 몬다.

몸 돌려 보지 않아도

차 거울들 속에 꽃구름 피고 있고

차 거울로는 잘 잡히지 않으나

하늘의 연분홍을 땅 위에 내려받는 검은 둥치들이

군소리 없이 구름을 잔뜩 인 채 서 있겠지.

차를 멈추고 뒤돌아본다.

아 하늘의 기둥들!

물소리

버스 타고 가다 방파제만 바다 위에 덩그러니 떠 있는
조그만 어촌에서 슬쩍 내렸다.

바다로 나가는 길은 대개 싱겁게 시작되지만
추억이 어수선했던가,
길머리를 찾기 위해 잠시 두리번댔다.

삼십 년쯤 됐을까, 무작정 바닷가를 거닐다 만난 술집
튕겨진 문 틈서리에 새들이 둥지 튼
낡은 해신당 아래 있었다.
저쯤이었나?
나무판자에 유리도 없이 뚫어논 사각(四角) 창에
섬 하나 떠 있고
섬 뒤로 짧고 분명했던 수평선과 식힌 소주
생선 맨살과 주모의 낮은 말소리
그리고 아 물소리가 좋았다.

바다의 감각이 몸부림치며 바위에 몸을 던져
몸부림을 터는,
터는 듯 다시 몸을 던지는 소리.
다른 아무것도 안에 들이지 않고
저물던 바다의 실루엣,
원근 따로 없이 모두 한가지로 저물었다.

바로 이쯤이었지?
술집 사라지고 해신당 걷히고
나무 쪼가리 하나 보이지 않는 바위 사이로
물소리만 철썩이고 있었다.
머뭇거리자 부근 어디에 사는 물샌가
보이지는 않지만 꽤 똑똑한 소리로 끼룩댔다.
더는 없어.
'더 물소리'는 없어.

사는 기쁨

1

오디오 둘러메고 한강 남북으로 이사 다니며
개나 고양이 곁에 두지 않고
칠십대 중반까지 과히 외롭지 않게 살았으니
그간 소홀했던 옛 음악이나 몰아 들으며
결리는 허리엔 파스 붙이고
수박씨처럼 붉은 외로움 속에 박혀 살자,
라고 마음먹고
남은 삶을 달랠 수 있을까?

2

사는 건물을 바꾸지 않고는 바꿀 수 없는 바램이
있다.
40년 가까이 아파트만 몇 차례 옮겨 다니며
'나의 집'으로 가는 징검다리거니 생각했다.

마지막 디딤돌에서 발을 떼면

마련한 집의 담을 헐고

마당 절반엔 꽃을 심자.

야생화 밟지 마라 표지 세워논 현충원 산책길엔 도
통 없는

노루귀 돌단풍 은방울꽃

그래, 몰운대(沒雲臺)에서 눈 크게 뜨고 만난 은방
울꽃

카잔차키스 묘소에 열심히 살고 있던 부겐벨리아

루비보다 더 예쁜 루비들을 키우는 노박덩굴을 심자.

겨자씨 비유의 어머니 겨자도 찾아 심자.

나머지 반은 심지 않아도 제물에 이사 와 자리 잡
는 풀과

민박 왔다 눌러앉는 이름 모를 꽃들에게 내주자.

개미와 메뚜기 그리고 호기심 많은 새들이 들르고

벌레들도 섞여 살겠지.

그래, 느낌 서로 주고받을 마당이 있고

귀 힘 아주 빠지기 전 오디오 볼륨 제대로 올려줄 집이 주어진다면!

오크통에 30년, 책장 구석에 30년, 세상 잊고 산 위스키 앞세워

와인과 막걸리와 칵테일을 모아 친구들을 불러

먼저 가버린 자들도 번호 살아 있으면 문자를 보내

파티를 열자. 바램은 아직 유효하다.

3

유효할까?

파티 다음 날, 종일 속도 마하 0으로 움직이는 텅 빈 맛이

몸에 버틸 힘을 줄까?

가을 들어 처음으로 은행잎이 비행 연습을 시작하

는 저녁

   동향한 창밖으로

   건너편 언덕 아파트의 모든 창들이 일제히 황금향
으로 피어난다.

   대가(代價) 없이 자신을 태우는 황금의 절창들!

   지금 사는 아파트에서는

   한 해 가운데 이 한때가 가장 마음에 든다.

   '가장'이라는 말에는 지금까지라는 뜻이 숨어 있고

   다음은 텅 빔?

   조금 전 건물 입구에서

   시들고 있는 꽃에게 안부를 물었다.

   코끝에 맴돌자마자 사라지는 향기로

   꽃은 답했다. 텅 빔?

   바램의 속내가 가짐인가 텅 빔인가?

   햇빛 스러지며 한 자락씩 황금에서 어둠으로 바뀌
는 창들이

   차례로 물음을 던진다.

4

그간 군(郡)에서 주차장 집어넣고
매점과 화장실 내고 길 펴고 넓혀
오르내리는 맛을 한껏 줄인 몰운대,
발걸음 멈추게 하던 제비꽃 달개비들 사라지고
숨었다 들키던 은방울꽃 자취 감추고
미끄러워 마음 잡아주던 바윗길은 보이지 않고
올라보면, 시야 가득 차오는 비닐하우스들
뜬구름도 뜨지 않고
아 '몰운대'에서 풀려난 몰운대!
그 언저리에 집 한 칸 마련해
강원도에서 차를 몰다 덜 살고 싶을 때면 슬그머니
들러
낮에는 대에 올라 다른 아무 데도 눈 주지 않고
밤에는 모깃불 피워놓고 모기 침 쿡쿡 맞으며
답답함에서 풀려나리라던 긴 긴 꿈에서

42

이젠 새삼 놓여나지 않아도 괜찮게 되었는가?
영영 놓여나지 못하게 되었는가?

5

바위틈에 발톱 박고 서 있는 나무 다섯 그루
바로 뒤에 야트막한 초막
비어 있다.
그 뒤로 흐르는지 안 흐르는지 말없이 넓게 펼쳐
진 물
물 건너 그림자 하나 없이 커다랗고 깨끗한 산.
원나라 화가 예찬(倪瓚)의 한없이 맑고 적적한 산
수는
은둔 신호만 켜지면 모든 것 놔두고 들어가
신선인 듯 가볍게 거닐고 싶었던 곳.
오늘 그의 그림 다시 들여다보니
사람들도 짐승들도 그냥 들여다보기만 했을 뿐

멧새 하나 날지 않는다.
들어오려면 그림자도 놔두고 오라?

읽던 책 그대로 두고 휴대폰은 둔 데 잊어버리고
백주(白酒) 한 병 차고 들어가
물가에 뵈지 않게 숨겨논 배를 풀어 천천히 노를
저을까?
건너편을 겨냥했으나 산이 통째로 너무도 크고 맑아
무심결에 조금 더 무심해져
느낌과 꿈을 부려놓고 그냥 떠돌까?

바람이 인다. 갑자기 구름 떼들이 이리저리 몰려다
니고
여기저기 물기둥들이 솟아 상체를 흔들고
얼음처럼 투명한 해가 불타며 하늘 한가운데로 굴
러 나온다.
바위에 발톱 박은 나무들이 불길처럼 너울대자
부리 날카론 새들이 큰 소리로 울부짖으며 몰려든다.

느낌과 상상력을 비우고 마감하라는 삶의 *끄트머리가*

　어찌 사납지 않으랴!

　예찬이여, 아픔과 그리움을 부려놓는 게 신선의 길이라면

　그 길에 한참 못 미치는

　아이들의 웃음소리 간간이 들리는 곳에서 말을 더듬는다.

　벗어나려다 벗어나려다 못 벗어난

　벌레 문 자국같이 조그맣고 가려운 이 사는 기쁨

　용서하시게.

제2부

토막잠

감기 달래며 임플란트 시작
술 공급 며칠 끊기자
술기운에 눌렸던 잠, 토막토막 끊겨 떠올랐다.

*

자리에 들기 전 귀 솔깃 들은 음악 때문인가
쇼팽이 파리에 밀반입한 소싯적 애인의 뼈로
정교하게 깎았다는 초소형 조각(彫刻) '마주르카'
를 찾아
인사동 가게들을 위아래로 훑다가
안개비 자욱한 골목에서 덜컥 깬다.
거실에 나가 물 한 잔 마시고 시계를 본다.
한 시.

옆에 앉은 여자가 흐느끼기 시작했다.
눈비와 함께 차창이 울음에 젖고 있었다.
귀가 아닌 마음의 고막을 울리는 흐느낌,

신기하게 겨울 파리 한 마리가 날고 있었다.

그네가 눈비 때문에 이름 읽을 수 없는 조그만 역에 내려

우산 없이 찻길 건너 사라질 때까지 파리는 계속 날았다.

왜 토막꿈들은 슬프지? 화장실 다녀오며 생각했다.

두 시 반.

이즘처럼 사방에 꽃 피고 지는 20년 전 늦봄 날

활짝 핀 겹벚꽃 전북대 이종민 교수 내외와 들른 내소사

일주문에서 본당 가는 길 오른편에 살짝 비켜 앉은

지장암, 넓은 마당 가득 꽃을 피우고 사는

꼿꼿하고 아름다운 비구니 일지스님 앞에 피어 있는

이름 모를 꽃

'환장하게 곱네요,' 했더니 서슴없이

'파가세요!'

세 시 반.

잠시 잠을 밀쳐두고 생각에 잠긴다.

일지스님 꽃은 그냥 꿈이 아닌데

생시와 꿈 사이 차단벽이 모르는 새 슬며시 열렸나.

그 꽃 하나만을 위해 다시 지장암으로?

영산홍 수국 장미 부용 맨드라미 들을 지나

나무 꼬챙이 기어오르며 조그맣게 동그라미 그리는
넌출들을

절묘한 장식음으로 쓰는 덩굴 꽃들의 합창을 지나

일지스님 앞

저세상 불빛처럼 피어 있는 꽃에 다가갈 수 있을까?

꿈결처럼, '파가세요!' 말 다시 들을 수 있을까?

들고 간 호미는 어느 발밑에 파묻고 올까?

20년 후

—— 2009년 8월 23일, 이종민 선생 내외와 지장암을 다
시 찾았다.

20년 후 찾아간 내소사 지장암 일지스님은
열매로 익고 있었다
8월 말의 산딸나무 열매, 싱싱하고 탱탱한.
마당엔 그 많은 꽃들 다 입양 보낸 후
한구석에 몇 줄기 물옥잠만
마삭줄덩굴 속에 남보라로 피워놓고
마당 한가운데에는 무식하게 멋들어진 석등 하나
하루 내내 벌세워놓고
차 냄새 밴 환한 방, 가로세로 등받이 하나같이
20센티 될까 한 조그만 나무 의자에
몸을 내려놓듯 앉기도 하며
열매처럼 익고 있었다.

전처럼 금빛 우려낸 차를 대접받았다.
달라졌다, 큰 꽃밭 사라지고,
다듬지 않은 큰 돌 몇이 모여 흥겹게 석등 만들고,
미니 의자가 제자리 잡고.

스님이 연잎밥 점심 준비하러 나간 사이

의자에 슬쩍 몸을 내려놔본다.

위 아래 옆 척척 맞는군!

나와 함께 사는 것들, 책상 의자 텔레비 오디오 기기 들

하나같이 너무 크고 높지.

'그래 맞다,' 이름 잊었지만 모습 눈에 어른대는 새가

창밖에서 지저귀듯 말했다.

'세월이 이곳을 담백하게 만들었다.

그 속에 희견성(喜見城)* 있네.'

* (불교) 수미산 정상에 있다는, 제석천이 사는 궁성.

사자산(獅子山) 일지

2008년 11월 8일, 더할 나위 없이 날씨 좋은 날, 감
기 재직 중.
20년 만에 다시 사자산 찾아가는 길
길 너르고 곧게 뚫려
마을들이 길의 곡선에 전혀 신경 쓰지 않는
사자산 길 같지 않은 사자산 가는 길
아직 멀었지 싶은데 티라노사우루스 등뼈 능선이
이른 낙엽 날리는 차창에 나타났다.

절 아래서 얼근한 해물짬뽕으로 감기 달래고
새로 돌 박아 만든 길과 층계를 타고
한창 물든 단풍나무 붉나무 당단풍나무를 차례로
지나
적멸보궁에 올랐다.
하늘은 무얼 덧칠하거나 벗길 게 없는 바로 그 쪽빛
떡갈나무 누른 잎들은
전처럼 얼굴을 접고 있었고
골짜기 건너 낙엽송들은

금빛 새 트렌치코트로 갈아입었다.

추억 속에 사라졌던 새들이

시간의 더께를 들치고 나와 맑게 울었다.

하늘과 땅이 황당하게 투명해진 이 가을날,

머리 위의 빨간 단풍잎들을

이파리 생김생김 하나하나 역광으로 살리면서

쏟아질 듯 쏟아질 듯 쏟아지지 않는

환한 빛 덩이,

바람결에 산들대며 감기조차 환하게 만드는

밝음마저 벗겨진 밝음!

북한강가에서

북한강 물굽이 조그만 슬래브 집
장난스레 키 낮춘 검푸른 탱자 울타리 안에
노란 감국 몇 송이 피어 있고
마당 한편엔 적갈색으로 곱게 녹스는 펌프
그 옆에 붉은 호박색 손수레 하나 누워 있네.
어디선가 털 고운 흑갈색 점박이 개가 나타나 꼬리
를 흔들자
현관문이 열리고
눈매 잔잔한 그가 모이 주머니 들고 나오네.
부르지도 않았는데 곤줄박인가 검은 머리 새들
여남은 마리 날아들어 재게 걸으며 끝이 흰 뾰족한
부리로
연신 모이 쪼기 바쁘고
한 마리는 모이 든 손에 날아와 앉아
밤빛 배 슬쩍슬쩍 보라는 듯 회청색 날개 퍼덕이네.
손에 오른 새 앞에 두고 다른 팔은 벌리고
발걸음 길게 짧게 길게
그가 원을 그리며 신명나게 몇 바퀴 돌았네.

삶이 뭐 별거냐?
몸 헐거워져 흥이 죄 빠져나가기 전
사방에 색채들 제 때깔로 타고 있을 때
한 팔 들고 한 팔은 벌리고 근육에 리듬을 주어
춤을 일궈낼 수 있다면!

버려진 소금밭에서
— 시인 이가림과 사진작가 김경옥에게

바다로 뚫린 물길 양편 둔치에
가을엔 듯 노을엔 듯 허벅지까지 붉게 익은 나문재들이
퍼질게 자리 잡고 앉아 있다.

물길에는 흐린 물이 가다 서다 흐르고
늙어가는 시인 둘과 중년 사진작가 하나가 걷다 서다 한다.
조심스런 물길 양편 들판 가득
내색 없이 허옇게 쇠고 있는 갈대들,
길이 길에서 놓여났다 어느샌가 다시 잡혀 길이 되곤 하는
빈 소금 창고 하나 을씨년스럽게 버린 배처럼 떠 있는 나체의 들판,
앞뒤로 뻥 뚫린 노을,
여기저기 잔바람만 나다니다 들키는 이 한데에서
시인들과 들판이 무언가를 주고받았다.
무엇을?

안저(眼底)까지 환하게 달구던 소금밭의 새하얀 빛인가,

빛바래기 전 세월 어디쯤 소금 빛에 취했던 시인의 모습인가?

물어보려 몸을 돌리면

양쪽 다 고개를 흔든다.

과장 없이 무엇인가 주고받으니 그냥 좋은 거다.

지금은 속없이 소금 냄새만 풍기는 너른 들판과

오랜 동안 계속 입김 불어내 가벼워진 시인들의 지금이

그냥 어울리는 거다.

겨울을 향하여

저 능선 너머까지 겨울이 왔다고
주모가 안주 뒤집던 쇠젓가락을 들어 가리켰다.
폭설이 허리까지 내리고
먹을 것 없는 멧새들 노루들이
골짜기에서 마을 어귀로 내려왔다고,
이곳에도 아침이면 아기 핏줄처럼 흐르는 개울에
얼음이 서걱대기 시작했다고.

알 든 양미리구이 안주로
조껍데기술을 마시며 생각한다.
내 핏줄에도 얼음이 서걱대지는 않나?
텔레비전 켜논 채 깜빡깜빡 조는 초저녁에
잠 깨어 손가락 관절 하나 꼼짝하기 싫은 새벽에
그리고 이 술병, 마저 비울까 말까 저울질하는 바
로 지금!
생각을 조금 흔든다.
그래, 뾰족한 얼음 조각들이 낡은 혈관 녹 긁으며
흐르면

시원치 않겠나?

골짜기 가득 눈꽃이 이 세상 것 같지 않게 피어

보여줄 게 있다고 아슴아슴 눈짓하고 있는 설경 속
으로

몸 여기저기서 수정구슬 쟁그랑쟁그랑 소리 나는

반투명 음악이 되어 들어가보자.

발 없이 걷듯

걸음 뗄 때마다
오른편 발뒤꿈치 아프게 땅기는 족저근막염에 걸려
침을 아홉 번 맞아도 통증 기울지 않고
복수초가 피었다 졌을
지금쯤 개나리 한창일
산책을 두 달여 못 나가고
지난 주말엔 친구들이 부르는 술자리에도 못 낀 채
미술책이나 들척이다가 떠오른 것이
4년 전인가 터키 에베소에서 다리 절면서
'원 달러, 원 달러!' 외치며 사진첩 팔던 사내,
물러갈 때 심하게 다리 절름댔으나
사람들 앞에선 알아챌 만큼만 가늘게 절던 사내,
그의 얼굴 어둡지는 않았어.

몇 시간 전 거리에선 사람들 날듯이 걸어 다니고
그들의 삶이 내 삶보다 더 탱탱하고
이 세상이 생각보다 훨씬 더 탄력 있다는 느낌을 받
았어.

틈 내어 힘들게 내려간 사당역 부근 지하서점 '반
디앤루니스'에선

닷새 전 나온 내 시집 어떻게 꽂혀 있나 살펴보려
다 말고

듬직한 미술책 하나 집어 들고 난간 잡으며 올라
왔지.

문 앞에서 걸음을 멈추었다.

젊은 남녀가 수화(手話)를 하고 있었다.

남자는 턱 높이까지 올린 한 손 두 손 쉬지 않고 움
직이고

여자는 두 손 마주 잡고 열심히 쳐다보고 있었다.

다시 발길 옮기려다, 아 여자 눈에 불빛이 담겨 있
구나!

여자가 울고 있었다.

참을 수 없이 기쁜 표정 담긴 얼굴이

손 없이 수화하듯 울고 있었다.

나는 절름을 잊고 그들을 지나쳤어.

두 달 반 만의 산책

발뒤꿈치 여직 땅기지만
3월에도 20일, 낮 기온 19도,
이런 날 발뒤꿈치 돌보며 집 안에서 뒹굴어?
한 번 걸어 병이 도진다면,
그래, 한 달 더 앓기로 하자!

두 달 반 만에 나온 산책길
재건축 시작하던 건물들 어느새 헐려 허공 되었고
짓던 건물엔 임대 공고들이 겹으로 붙었다.
무언가 비어 있다는 느낌,
절름대며 천천히 걸었다.

어제까지 아침은 영하 기온
개나리 노랗고 덩치 큰 귀룽나무 잎 막 피기 시작
했으나
현충원 안은 아직 꽃 행렬 출발 일보 전,
나무들 허리께는 한겨울보다도 더 휑하고
장군 묘역 층계 양 편 소나무들은

머리부터 무릎까지 바투 전지당했다.

겨울 오후에 그처럼 재잘대던 새들도

무얼 숨기려는지 바스락 소리 하나 내지 않았다.

조율 그만! 누군가 뵈지 않는 손을 올리자

오후 산책 코스에서 내가 늘상 앞지르곤 했던

앞지를 때마다 발걸음 조심스러웠던

다리 저는 등산복 차림의 사내가 오늘은 둘이 되어

둘 다 열심히 서투르게 걸었다.

이런 밋밋한 맛이 아픔에 내장되어 있다니!

몰기교(沒技巧)

뻐꾸기 둘이 번갈아 성대(聲帶) 겨루면서

사람의 목젖 풀어주는 늦봄 아침,

산책 코스에서 빼버렸던 현충원 윗목 장군 묘역

오늘은 한잔 거나하게 걸쳤는지 얼굴 불콰하게 앉

아 있길래

생각 고쳐먹고 축대에 오르니, 아 장미들,

달고 싸한 향내 속에서 막 고개 드는 이마,

살짝 옆으로 돌린 목덜미,

이슬 가볍게 문 입, 몰래 웃는 뺨,

불꽃심과 불꽃이 아직 한 몸인 저 막 당겨진 불길

들!

불 위에서 날개 접은 채

내가 어떻게 날아다녔지? 회상에 잠긴 나비와

불 한가운데 몸을 박고 떠는 벌,

장미, 나비, 벌, 다 넘쳐흐르는 삶의 박(拍)을 타고

있다.

서로 속삭이느라 한참 놔두어도

좀체 떨어지지 않는 젊음 한 쌍을 뒷눈으로 보며
두근대는 불꽃 하나를 슬쩍 뜯어 씹어 삼켰다.
뜨겁고 환한 것이 천천히 실하게 배 아래까지 내려와
하체를 달궜다.
기동훈련?
이것 봐라!
그래, 상스러움도 모시고 살자.
장미 불길이 여기 타오르고 저기 타오르는 이 공간
무슨 몰기교가 따로 필요하겠는가?

소년행(行)

상처 입은 짐승들처럼 과거가 웅크리고 있는 무대에
점점 더 무겁게 쳐지는 막
힘들게 들쳐보다 서둘러 닫게 되는,
들쳐지면 무엇엔가 걸려 잘 닫기지 않는.

추억은 전쟁을 무작위로 이은 필름으로 만든다.
불타는 차량, 가운데 한두 칸 비워진 교량
팔다리 딴 데 두고 누워 버티는 사람들
허리에 구멍 뚫린 탱크, 기총소사, 몇 줄기 행진곡.

겨드랑에 신문 뭉치 끼고 '영감할바이 신문!'* 외
치며 달릴 때
팔다 남은 무게가 조율하던 목청과
좌판에 담배와 껌과 초콜릿을 큰 꽃처럼 배치하던
소년의 미학이 있었다.

단속에 걷어차인 좌판 꽃잎들이 땅에 뿌려진 날 밤
감은 눈에 계속되던 화려한 착지(着地),

가족 여섯이 엉겨 자던 방에 검은 눈이 내리고
모르는 새 다음 날이 하얗게 새기도 했다.

사타구니에 바람 무늬 새겨주던
대구 분지(盆地)와 부산의 사십계단,
서면의 양키 부대, 영도의 비탈 교실,
나도 모르게 이를 악물게 되었다.

전쟁이 덜컥 멈춰 며칠 후 서울로 간다는 여름날
저녁
광복동 거리**를 내려가다가
레코드점에서 울리는 귀에 익은 노래를 들었다.
발걸음을 멈췄다.
아 그동안 노래 없이 살았구나!
노래도 이 악물고 듣고 있구나!

* 당시 대구에서 가장 판매 부수가 많았던 신문 『영남일보』의 애칭.
** 당시 부산에서 가장 번화했던 거리.

소년의 끝

환도 후 두번째 가을이었지 아마
공기가 활처럼 팽팽하게 당겨진 저녁
담 밑 백일홍들 시들고
낙엽들 바스락대며 굴러다니고
과꽃들도 고개 숙였다.
손님 오신다, 닭 잡으라는 어머니 말씀에
칼 받아들고 닭장으로 갔다.

이리 뛰고 저리 뛰는 닭 가운데 어머니가 점찍은
볏 유난히 선명한 중닭을 붙잡아
과꽃 무리 앞에까지 와 목에 칼을 물리자
순간, 목 잘리고 온몸으로 걷는 로댕의 세례자 요
한처럼
반쯤 잘린 머리 모가지에 올린 채
푸드득 내 손을 뿌리치고 온몸으로 뛰쳐 나간 닭,
함께 좁은 뜨락을 몇 바퀴 숨차게 돌았다.

과꽃 앞에서 닭의 목을 움켜잡자

격정적으로 팔딱이는 불빛 하나가 두 손아귀에서
어두워지다 어두워지다 언뜻 다시 밝아지려는 듯
껌뻑이다
꺼졌다.
제풀에 지쳐 땅에 주저앉으려다
그대로 버텼다. 뒤통수에 강한 시선(視線) 하나
고개를 돌리고 싶었으나 이 악물고 참았다.

이 저녁에

마을버스에 실려 돌아왔다. 저녁,
아파트 동 입구에서 영산홍이 실없이 웃고 있다.
까닭 없는 웃음도 괜찮아, 괜찮고말고.
한창 때 좀 넘겼으면 어때?

우편함에 손을 넣어 내용물을 더듬고 엘리베이터에
갇혔다 풀려나
자물쇠에 내장된 번호들을 누르고
집에 들어왔어.
식구 아무도 아직 돌아오지 않았지.
웃옷 벗어 걸고 들고 올라온 편지를 뜯었어.
불을 켰는데도 어두워 손등으로 눈을 문지르면
형광등 자리에 형광등 켜 있고 달력과 그림들 제자
리에 걸려 있는
그저 그런 저녁.
형광등 수명이 다 돼 그런가, 새것으로 갈아야?
의자를 옮기려다 생각한다.
혹시 시력 낮춘 건

졸아드는 에너지 아껴 쓰려는 몸의 지혜가 아닐까?

몸이여, 그대 처분에 나를 맡겨야 하지 않겠나.

주어진 시력 계속 쓰다가 어느 순간

눈 없어 더 환하다는 세상으로 들어갈 수는 없다.

잘 안 보이면 안 보이는 만큼

보는 맛 조금씩 더 돋구며 살다

소리의 근원에서 멀어지는 귀, 한 발짝이라도 더 가까이 가

음(音)의 옷깃을 잡아채려다 놓치기도 하는

상처 입은 뇌를 가지고 가련다.

흠집 없이 곱게 간수한

그런 명품 혼을 모시고 산 적 없으니.

어둡고 더 어두운

흔히 그렇지만 머리 아플 때 진통제를 삼키면
잠시 후 신경에 얇은 막이 덮이고
통증이 무뎌지고
마음의 자전(自轉)이 늦어진다.
모차르트는 그저 모차르트
만나는 사람은 그저 만나는 사람
긴한 감각들이 전정(剪定)당한다.
어쩌지, 산책길에 달려드는 벌들이
공손해진다.

뇌를 쿡쿡 찌르는 머리 그대로 쳐들고
바다에 지는 해를 바라보며 친구와 술잔을 나눈다.
우리 대화 저 앞에 해, 환한 구리거울 같다.
드디어 거울이 끓고 바다가 끓고
통증이 끓으며 잦아든다.
거울이 한 번 더 끓으며 바다를 물들이고 사라진다.

술 한 번 마실 때마다

뇌세포가 몇 마지기씩 죽는다고 하지만
뇌세포 다 살려갖고 죽어야 맛인가! 세포들아,
터진 솔기와 실밥을 감추지 못하는 뇌세포들아,
세포 수 가난한 나를 용서 말아라.
용서받는 것은 어둡고, 안 받는 것은 더 어둡다.
술상 옆, 개울에도 못 끼는 실 도랑물
어둠 속에 바다를 열고 들어간다.

니나 시몬
—— 니나를 보내준 시인 전윤호에게

방을 어질러놓고 살면
세상 어지럼을 덜 타게 되지 않을까,
 신문과 텔레비전에 나오는 세상보다 더 어질러놓고
산다면?

 방 한가운데를 차지한 책상 대용 교자상 위와 방바
닥엔
 사전들과 식물도감 철새도감 나비도감
 신간과 선사어록, 볼펜과 CD들,
 마음먹고 정리를 해도 사흘을 넘기지 못하고
 나흘째부터는 마음이 편해지고
 방이 다시 놀이터가 된다.

한 시간 전쯤 지하철에서 본 여자의 얼굴
기억의 언덕 뒤로 사라지는 듯하다 불현듯 진해진다.
그 얼굴의 진원은? 추억 구석구석을 뒤지고
기억의 경계 바깥까지 기웃거릴 때
어질러진 추억이 얼마나 마음 편한가?

책 위에 아무렇게나 놓인 볼펜이 '찾아 뭐해!' 속
삭인다.

사춘기 때 혼자 신나게 따랐던 여자의 딸?

얼굴 위로 아우라로 뜨는 또 하나의 얼굴,

그 얼굴 임자 세상 모서리에 험하게 부딪지 않고

지금도 실하게 살고 있는가?

시간으로 감싸지 않고 그냥 던져둔 사람의 얼굴

나보다 더 오래 살아남으리라는 생각이 든다.

상 위에서 CD를 하나 집어 전축에 건다.

니나 시몬, 가슴이 뱉어낸 느낌들을 천천히 다시
가슴에 쓸어 담는

한없이 부드럽고 어두운 목소리,

'Hush, don't explain.'

무중력을 향하여

'이제 나는 내가 아니야!' 병원 침대에 누웠다가
세상 뒤로 아주 몸을 감추기 전 친구의 말,
가면처럼 뜬 누런 얼굴,
더 이상 말을 아꼈다.
창틀에 놓인 화병의 빨간 가을 열매들이 눈 반짝이며
'그럼 누구시죠?'

입원실을 나와 마른 분수대를 돌며 생각에 잠긴다.
조만간 나도 내가 아닌 그 무엇이 되겠지.
그 순간, 내가 뭐지? 묻는 조바심 같은 것 홀연 사
라지고
막혔던 속 뚫린 바보처럼 마냥 싱긋대지 않을까.
뇌 속에 번뜩이는 저 빛,
생각의 접점마다 전광 혀로 침칠하던 빛 문득 사라
지고,
생각들이 놓여나 무중력으로 둥둥 떠다니지 않을까.
내가 그만 내가 아닌 자리,
매에 가로채인 토끼가 소리 없이 세상과 결별하는 풀

밭처럼
아니면 모르는 새 말라버린 춘란 비워낸 화분처럼
마냥 허허로울까?
아니면 한동안 같이 살던 짐승 막 뜬 자리처럼
얼마 동안 가까운 이들의 마음에
무중력 냄새로 떠돌게 될까?

그게 뭔데

새로 만든 봉분에
눈 희끗희끗 앉다 말다 하는 곳에 그대를 남겨두고
머뭇머뭇대다 돌아가는 길,
아직 발에 땅이 제대로 닿는군.

왠지 모르게 자꾸 뒤로 물러서려는 능선과 능선 사
이에
해가 못 박힌 듯 떠 있을 때
더 가꿀 무슨 추억이 있다고
생각에서 뭔가 더하고 뺄 수 있을까?
긴한 약속 잊었다 떠오른 사람처럼
바람결에 여기저기 눈이 벗겨지는 논 두덩을 문지
르듯 걸어
버스 서다 말다 하는 정거장으로 곧장 갈 수 있을
까?
생각의 빈칸처럼 들판이 나타나고
지나치려던 버스가 마음먹은 듯 선다.
가야 할 곳 세상 어디엔가 박혀 있겠지.

차가운 버스 유리창에 입김 후 불었다가 손으로 지
우며

혼잣말로, 이제 삶의 비밀은

삶에 비밀이 없다는 것이다, 라고 타이르듯 속삭인다.

마음이 튕긴다.

'비밀? 그게 뭔데.'

네가 없는 삶

아픔이 없는 삶은 빈 그릇이다
라고 네가 말했을 때
우리는 천천히 저수지를 돌고 있었다.
앞 벼랑 끝에 V자형 진달래꽃 뭉치
뛰어내릴까 말까 아슬아슬 걸려 있고
저수지 수면은 온통 새파란 물비늘,
아주 정교히 빚은 그릇일 수도 있겠군, 나는 생각
했다.

네가 없는 삶은 빈 그릇이다
라고 말하려다 화들짝 놀란다.
수위(水位) 낮아진 저수지에 어느샌가 가을이 깊어
색채들이 모두 나무에서 뛰어내려
물가까지 내려와 누워 있고
아예 물속에 든 놈도 있었다.
마지막 순간 마음 돌려
물가에 서 있는 술병도 있었다.

물새 한 마리 쓸쓸히 자맥질하고 있는 물에는
물속 땅에 박힌 건지 물 위에 뜬 건지
조그만 배 하나 멎어 있고
하늘이 통째 빠져 있는 수면엔
밝은 조개구름 한 떼가 지나가고 있었다.
문득 가까이 사람 소리
아끼듯 조용히 나누는 말소리, 한참 잠잠하다
이윽고 차 떠나는 소리.
물새 어디 갔나, 자취 없고
조개구름 흘러가버리고
무덤덤히 배가 혼자 떠 있다.

서방 정토

감각 반납(返納) 수순인가?
언제부터인가 세상의 수군수군들이
귀 방충망에 걸러지고 있다.
둘러보면 아파트 단지 안팎에서
늦둥 낙엽들이 서둘러 내리고 있는
늦가을 저녁.

섬인 것 빼고는 달리 무엇이 아닌
섬들이 살고 있는 곳으로
벗을 것 다 벗은 나무 몇이
역광 속에 서 있을 뿐
모래톱마저 벗겨진 섬들
그 담백함이 몸을 홀가분하게 하는 곳으로

사람인 것 빼고는 달리 무엇이 아닌
사람들이 사는
시간을 잡아당겨보려는
기다림 같은 것도 없는 곳

소리 내지 않고 마음 주고받고,

안주면 말고,

소리가 벗겨진 소리들이 사는 곳으로

가고 있다.

가는 곳 물으신다면

올겨울, 새벽이면 머리맡 자리끼가 얼어붙던
서울 환도 1953년 겨울만큼 추웠습니다.
거실문 열어
섭씨 영상으로 끌어 올린 베란다에서는
식물들의 체온 앗기지 않으려는 안간힘 보이고
그 안간힘에서 헤어나려 나선 산책길
현충원 넘어가는 언덕에 닿기 전
왼편 슬래브 집에서 낯익은 늙은 고양이가 나왔습
니다.
만날 때면 눈 가늘게 뜨고 노려보며
높은 피치로 가르랑거리던
나도 모르게 목젖에 손이 가게 하던 고양이,
이번에는 곁눈질도 없이 공포영화 장면처럼 천천히
걸어
오른편 덤불 속으로 들어갔습니다.

현충원 안도 추위가 가득했습니다.
나무들은 이판사판으로 빈 가슴 드러내고

새들은 두 음절씩으로만 울었습니다.

얼음 한가운데 연 줄기 꼭 한 뼘 반 붙어 있는

그 어느 때보다도 꽝꽝 얼어붙은 연못을 몇 바퀴 돌며

연줄기가 연못 뚜껑 줄이 아닐까, 생각했습니다.

살짝 들치면 물고기들이 내버려둬! 하는 소리 들리겠지요.

다시 언덕을 넘어 돌아오는 길에 잠시 걸음을 멈추고

고양이가 들어간 곳을 들여다보았습니다.

개나리 덤불 뒤로 아카시아 소나무 자작나무가

성적 미달생처럼 엉성하게들 서 있고

큰 소나무 하나는 등이 부러져 있었습니다.

쌓인 눈이 하도 보채니까 그만 등어리를 내놓았겠지요.

그 뒤론 지난번 눈이 녹지 않고 얼기설기 얼어붙어 있는

컴컴한 덤불이었습니다.

고양이가 왜 환한 곳을 두고 저 어둠 속으로 들어
갔지?

가만! 누군가 낮은 소리로,

'법사께서는 연로하신데 어디로 가십니까?'

'죽으러 가는 길입니다.' *

* 마지막 2행, 장경각판 "林間錄 上" p. 25.

브로드웨이 걷기

2009년 8월 어느 날 오전 9시
창밖에 빗방울 흩날리는 듯 하다 갬.
숙소 브로드웨이 32가 래디슨 호텔을 나선다.
앞을 막거나 뒤를 밟는 시간이 없다. 지하철을 타고
22년 전 별 볼일 없이 한 해를 열심히 보낸
4가 뉴욕 대학 건물들을 찻잔 씻듯 훑어보고
브로드웨이를 걷기 시작한다.

마음속에 힘겹게 출몰하는 옛 추억,
42가 언저리에서 불거졌던 대낮 강도 사건이
바랜 광고지처럼 마음 바닥에서 펄럭인다.
지금 주머니엔 현금 꽤 들었지만
마음 가벼우니 얼굴이 편안하다.
전처럼 대학 부근 책방 "셰익스피어 앤 컴퍼니"에 들러
가벼운 신간 두엇 들고 나와
큰 건물들 사이에 소박하게 앉아 있는
성공회 그레이스 교회에 슬며시 들어선다.

겉이 담백한 교회, 속도 담백했지.
합창 연습 한 곡만 듣고 나온다.

세상에서 제일 크다는
서가에 꽂힌 책등들의 가로 길이만 70리가 넘는다는
고(古)서점 "스트랜드"의 문학 파트에 들어가 전처럼
제목들을 하나씩 뒤집어보며 걷는다.
책 냄새가 이처럼 캄캄 절벽이라니,
걸어도 걸어도 지평선이 멀어지던 긴 목마름이었는데!
1978년 판 브로노프스키의 얇고 낡은 책을
원가보다 쬐끔 비싸게 구입한다.

서점을 나서자 세상이 환하다.
두 블록 걸어 유니온 광장 모퉁이에서
오색(五色) 아이스크림 사 들고 잠시 두리번대다
일광욕하고 있는 반라(半裸)의 여인들 뒤 벤치에

가 앉는다.

  흰색 검은색 갈색 붉은색, 이도 저도 아닌 색,

  도시 한가운데 여름 삶의 색채들!

  전에는 내연기관이 내는 부르릉 소리 가슴으로 감싸고

싸고

  하이빔으로 번뜩이려는 눈을 하향 조정하며 걸었지.

  달라졌어. 생각에 잠기거나

  생각에서 막 벗어난 나무처럼 걷는다.

  날개 단 악마 티셔츠 하나가 다가와

  날개 활짝 펼친 나비가 되어 스친다.

  이게 필시 내 삶의 마지막 브로드웨이 그냥 걷기일 텐데

텐데

  얼마나 한심한가, 추억에 모실 컷 한 장 나타나지 않다니!

않다니!

  한심한 이 기분, 그건 마음에 드네.

  종점을 내장하고 가고 있는 모든 것들이여,

  여기 어디에 아무렇게나 나를 부려다오.

기대 않던 곳에서 듣는 아리아 '내 이름은 미미' 같은

조그맣고 슬픈 꽃집 앞에 걸음을 멈추게 해다오.

창가에 내어논 튤립 송이들 하도 탐스럽고 실해

몸 잔뜩 오므리고 홰를 치며 그 속에 들어가고 싶어진다.

정작 들어오란다면

꽃 앞에서 흔들거리다 마는 혼불이 되기 쉽지.

32가를 지나 올라간다.

가던 길이 6번가와 만났다 미련 없이 헤어진다.

광고판에서 정열적으로 노래하고 있는 뮤지컬 가수들,

동양인 하나가 걸음 멈추고 듣고 있다.

미래에도 이 거리에선

무언가가 사람의 발걸음 멈추게 할 것이다.

내가 없는 미래가 갑자기 그리워지려 한다.

시대마다 시간의 모습이 다르다는데

그때 발 멈춤, 지금 멈춤의 연장일까 아닐까?
아니라면 또 어떤?

환한 건널목
사내아이 하나가 빨간불 켜진 길을 뛰어 건넌다.
흑인 엄마가 길에 뛰어들려다 말고 주먹을 흔들고
반(半)트럭이 휘익 지나간다. 뛰어들었다면
나보다 더 큰 여자를 몸으로 막을 수 있었을까.
어딘지 낯익은 얼굴, 반은 화내고 반은 웃고 있다.
아 반은 화내고 반은 웃는 얼굴, 이것이 삶의……
파란불이 켜진다.

제3부

허공에 기대게!

 2미터 축대에서 떨어진 몸 치곤 뼈가 정말 온전하네요. 방금 찍은 X레이 8장을 모니터로 살펴보고, 순서 바꾸어 다시 한 번 보고, 의사가 말했다.

 장애는 면했군. 오늘 아침 등 꽉꽉 땅기는 바람에 나도 모르게 헉헉 소리 지르며 의자 등에 붙어 간신히 직립했지. 진땀! 침팬지처럼 상체 엉거주춤하고 살던 유인원들이 320만 년 전 루시네 식구처럼 직립하기로 작정했을 때 척추 근육이 얼마나 땅겼을까. 그 땅김이 그네들을 인간으로 내몰지 않았을까.

 골반과 척추 근육들이 다쳤습니다. 항생제 맞고 몇 군데는 진통제로 손보고 최소한 2주일의 물리치료가 필요합니다. 4주 걸릴 수도 있지요. 그러고도 정상으로 돌아오려면 몇 달 걸립니다. (1년 걸립니다. 낙상 겪은 시인 김광규가 말했다. 후유증이 남을 수도 있구요.) 술 얼근해 당하셨다니 술 때문에 떨어지고 술 때문에 덜 다치셨다고 할까. 아기나 몽유병자가 높은

데서 떨어져도 뼈를 잘 다치지 않듯. 집에 가서 한 보름 동안 아무 일 마시고 반듯이 누워 계십시오. 근육을 오래 땅겨야 하는 독서는 물론 하지 마시고.

하루 몇 번씩 반듯이 누워 두어 시간 아무것도 안 한다는 게 얼마나 힘든 일인가! 흐르는 냇물 억지로 막듯 강제 명상 하다보면 무언가 생각보다 진한 것이 마음속에 엉기곤 했다. 무엇이? 그래 맞아, 지옥의 맛! 유황 불길 발밑에 타오르고 뱀이 몸을 칭칭 감아도 도무지 손쓸 수 없는 막장. 어쩌지? 참 이참에 머리맡에 놓인 책을 향해 뻗으려는 손을 계속 막는 마음이나 꺼내 손질했으면. 이건 아니다!라고 판을 뒤 엎으려다 간신히, 간신히, 참곤 하는 마음. 무언가 엉긴 것이 마음속으로 다시 풀리며 속삭인다. '간신히 참기'란 게 실은 고급 순응 방식, 출발부터 '간신히 참는다'가 아니었나? 말 돌리지 말고 생각해봐? 그렇지? 허공에 노출되는 느낌이지. 그 느낌 덮으려고 너는 뇌 꼭지와 수도꼭지를 꽉 잠그지 않곤 했어. 어,

누가 수돗물을 이리 오래 쓰고 있지, 집에 다른 사람 없는데? 등 꽉꽉 땅김 참고 일어나 어기적어기적 화장실로 들어가 수돗물을 잠근다. *아플 땐 반성하는 게 아냐!*

(퇴근하는 실직자처럼 걷지 마십시오.)

나흘 전 울진군 죽전항 식당. 강추위로 살 바싹 다이어트한 헐거운 대게 안주로 술 얼근해 밖으로 나서자 늦겨울 눈송이 날리는 밤. 아, 처음 만나는 동해의 눈 내리는 밤! 일행을 잠깐 뒤로하고 바다가 열리는 곳으로 오른 캄캄한 둔덕, 눈 날리는 밤바다에 가까이, 좀더 가까이. 어둠에서 홀연 어둠의 바닥으로 떨어지기 전 눈앞에 펼쳐지던 눈 날리는 밤바다의 깊고 부드러운 장막! 그 앞으로 인간의 실루엣 하나가 나타났다. 감쪽같이 아래로 사라졌다가 다시 기어 올라와 허리 잔뜩 구부리고 엉거주춤 섰다. 상체 어디 두고 왔나? *상체 세워 허공에 기대게!*

장기(臟器) 기증

재활의원 물리치료실, 코트와 웃옷 벗어 벽에 걸고
좁은 침대에 엎드려 등에 타박상 입은 도마뱀처럼
앞으로 한 뼘 뒤로 한 뼘 기고 뒤집히기도 하며
하루치 물리치료를 끝낸 후
온몸 얼얼해 돌아오다 장기 기증 권하는 전화를 받
았다.

버스 소음이 귀에 거슬리지만
들리긴 들립니다.
네, 잘 알겠습니다. 훌륭한 일 하시는군요. 그런데
아직 상상력 난폭하게 굴리는 고물차 다된 뇌나 건
질 만할까,
간 심장 신장 같은 건 너무 오래 술에 절어, 이식해
본들……
뇌도 가끔 메모리 장치가 먹통 되곤 하지만.
갑자기 머릿속이 하얗게 비어
장기는 술에 전다 안 전다 말 주고받다 끊긴 휴대
폰 귀에 댄 채

좌석과 함께 덜컹대다 정거장에 버스 서며 정신 차리고 일어섰다.

등이 팍 팍 땅겼다.

이 세상에서 나갈 때

아직 술맛과 시(詩)맛이 남아 있는 곳에 혀나 간 신장 같은 걸

슬쩍 두고 내리지 뭐.

땅기는 등어리는 등에 붙이고 나가더라도.

뒷북

지난 30년간 늘 그랬듯 밤 11시,

읽던 책 덮고, 화초 물 주듯 위와 뇌에 술 좀 뿌려주고

자리에 누웠다.

잠이 오려는 기척이 없다.

도중에 총신대 네거리에서 길이 막혔나?

지금쯤 정체는 풀렸을 텐데. 몸 한참 뒤척이다

일어나 불 켜고 책상에 앉아

들뢰즈와 지젝을 번갈아 뒤적이다 행들이 엇갈리기 시작해

이제 오는군, 다시 불 끄고 누워 눈을 감았다.

잠이 오지 않는다.

보름 며칠 전 동해안에서 눈 내리는 밤바다 속을 들여다보려다

축대에서 떨어져 등을 다쳐

마을버스 타고 병원에 가서 물리치료 받던 일 어제

끝내고
　오늘은 오랜만에 이발을 하고
　오는 길에 약방에 들러 파스를 샀지.
　그밖에 무얼 했나?
　종일 반듯이 눕거나 방석으로 허리 받친 소파에 앉아
　음악 듣고 텔레비전 보다 졸고,
　그러다 정신 차리고 책 몇 장 넘기다가 오늘은 이만,
　마티니 한 잔 반 만들어 마시고 이 닦고 누웠는데
　영 잠이 오는 기척이 없다.

　다시 불 켜고 책들의 표지를 맨눈으로 더듬다가
　정신이 번쩍,
　벗어 논 손목시계 작은 얼굴 들여다보니 10시 15분
전
　9시를 11시로 술 마시고 멋대로 잠을 불렀구나.
　등어리도 등어리지만 요새 나 정말 왜 이러지?

　불을 켜니 겨울밤답게 엉성한 거실,

103

텔레비전 다시 틀려다 말고 몸이 시키는 대로 방에 돌아와
　등어리 땅김 반 뼘씩 늦추며
　절하듯이 조심히 무릎을 꿇고
　두 손으로 책장 아래 칸에서 테킬라 병을 끄집어내
　거실로 나와 유리잔에 넉넉히 따른다.
　황금빛이 어른어른댄다.

　안주로 핥을 소금을 손등에 바르는데 밖이 어수선
　누군가 못 참겠다는 듯 창에 대고 웃음을 탁탁 터는지
　싸락눈이 방 공기를 대책 없이 건들거리게 하는구나.
　가만, 한 모금 마신 잔을 식탁에 내려놓는다.
　번번이 벽에 부딪쳐 열 번 넘게 쓰다 던져두었던
　두 달 씨름해온 미완성 시가 형광등 빛을 띠고 있다.

　방에 돌아와 컴퓨터 모니터 앞에 앉으니
　시 행들이 먼저 춤추며 나서는구나.

104

이거 금요일 밤 홍대 앞인가,

젊은이들 노는 데 잘못 들어온 거 아냐?

허나 몇 달 묵은 시도 춤추려 나서는데

잘못 들어왔더라도 그냥 나갈 수야,

뒷북이라도 치자꾸나.

둥둥, *2미터 아래로 떨어진 건 꿈꾸듯 세상 뛰어내리기.*

둥둥, *뛰어내려 보니 언뜻 몸 낮춘 세상*

막혔던 시의 불빛 보이누나, 둥둥,

하, 0미터 높이서도 뛰어내리자, 둥둥둥.

첫눈

새벽녘에 잠시 날리다 언제 그랬냐는 듯 그친 눈
제대로 한번 맞아보기나 했을까?
허나 나무들 표정이 모두 달라졌다.
옆에 다가가도 알은척을 않는다.

솔가리 다 내려 보내고 엉성해진 소나무들
각기 제 생각에 잠겨 있고
돌돌 말린 잎 가득 달고 있는 단풍나무들
우울증에 한 방 맞은 것처럼 표정이 없고
황토색 물들인 카키 옷 단정히 입은 낙엽송들
어깨 내린 채 딴청부리고 있다.

마침 드는 햇빛에
서리 친 꽃받침들을 쳐들고 모여 서 있는 쑥부쟁이들,
그중 앞에 앉아 있는 네발나비, 깊은 생각에 잠겼
는지
위험 거리 안으로 다가가도 꼼짝 않는다.
'이때는 좁은 생각도 무거워요.'

사방에서 눈 시리게 튀던 형상들

하루아침 어둑한 몰골들이 되어 바투 둘러서면

햇빛 반사하는 하얀 서리 꽃받침에 올려논

조그맣고 얇은 발바닥들이

박하(薄荷)에 올려논 혀들처럼 환하겠지.

허공의 색

겨울이 조금씩 조금씩 깊어지는 산책길에
한 발짝씩 앞서 깊어지는 것이 있다.
동작대교가 붕 떠 있는 북동쪽 30도만 빼고
현충원을 빙 두르고 있는 서달산 언덕,
솔가리 다 내리고 꺼칠해진 침엽수와 잎 털린 활엽
수들
잘못 드러난 바위들까지, 추위보다 한 발짝씩 앞서
흐리지만 탁하지 않은, 마음먹고 먹빛 되려다 마음
바꾸어
한없이 한없이 속을 비우는 색으로
추위보다 한 발짝 앞서 깊어진다.

낙엽 흩날릴 때 드러나기 시작한 지장사(地藏寺)
단청들도
허리 하얗게 칠하고 모여 수군대는 자작나무들도
깊어진다, 무얼 더 타고 덜 수 없는 허공 빛으로!
깊어지고 깊어지다 아예
캄캄히 감각의 지평 밑으로 떨어지진 않을까?

그럴까? 오늘처럼 손가락 오그라들게 추운 날
그 흔턴 참새 하나 까치 하나 눈에 띄지 않는 날
허공 골짜기를 걷는다.
맞은편 허공에서 소년 하나 걸어 나온다.
낯익은 얼굴, 언뜻 인사 받으려고 보니
표정만 닮았다. 순간 기회 놓쳤지만
이런 데서 모르는 사람과 인사 나누면 어떠리!
소년이 지나간 하늘에
날개 활짝 편 솔개 하나 넌지시 떠올라
저녁 햇빛에 몸을 한번 환히 적셨다가
천천히 허공 속으로 사라진다.
어둠도 빛도 아닌 여기가 어디지?
능선 위로 뾰족하게 별이 하나 돋는다.

눈꽃

강원 북부에 큰 눈,
길들이 여기저기 며칠씩 끊겼다 이어진 날
언젠가 메마른 겨울 하루 한때를
엄청 황홀로 달궈주던 환한 눈꽃
두고 갈 땐 가더라도 한 번 더 보고 가자.

하늘 가득 솜이불구름 두텁게 덮여
차 세우는 곳마다 전혀 빛나지 않는
눈꽃 형상들이 나무에 얹혀 있었다.
길가에도 군데군데
어두운 회색 눈 더미들이 쌓여 있었다.
고라니 한 마리가 차도에 뛰어들어
짧은 꼬리에 브레이크 소리 달고 건넜다.
역광(逆光)마저 없이 휙
차창 앞을 가로지른 회갈색 엉덩이.

이게 아닌데 이게 아닌데
때 이르게 황태구이 집에 들러

추위 막느라 비닐 덧붙여 어둑한 유리창을 마주하고
취기 들지 않을 만큼 동동주 아껴 마시며,
날 잘못 받았군.
고라니를 받았다면
브레이크 더 빨리 밟지 못한 인간 때문일까,
인간의 기호(記號) 익히지 않은 녀석 때문일까?
겁나게 혼나고도 그놈이 다시 차도에 뛰어든다면?
그런데 날이 언제 개이지?

그만 돌아갈까 말까 망설이는데
누군가 타닥타닥 창을 두들겨 잔 놓고 나가보니
느닷없이 얼굴을 때린다, 싸락눈!
철새와 고라니가 맨발로 다니는 곳
눈꽃 보려거든
눈이건 꽃이건 황홀이건 다 놔두고 오라.

봄비에

산책 도중 봄비에 갇혔다.
비 내린다는 날씨 예보 깜빡했던가?
내 언제 그런 데 고분고분 귀 기울이며 살았던가?
하늘의 절반 이상을 벚꽃과 나비와 새들로 수놓던
햇볕 슬쩍 퇴장하고
막비 쏟아진다.
난간 없는 마루에 지붕만 얹은 빈 정자에 걸터앉아
꽃잎들 마구 떨어져
아스팔트 위로 씻긴 그림처럼 흘러오는 것을 본다.
한때 빗줄기 속을 내달리며 짐승 소리 내지르게 했던
봄비,
지금도 엇비슷한 얼굴과 목소리로 내린다.
멀거니 보고 있으려니 속이 답답하다.
누군가 빗줄기 속을 내달리며 들어오라 소리 지르면
같이 달리며 소리칠 수 있을까?
무슨 소리?
미래가 있으면 좋고 없어도 그만인 인간의
내도 좋고 안 내도 그만인 소리?

그 소리도 성대(聲帶)를 울려 내는 소리가 아니겠
는가
　가만, 비 한쪽이 훤해진다.
　가늘어진 비 맞으며 집에 내려가려다
　마음 잠시 끄고 좀더 앉아 있기로 한다.
　마음의 채 꺼지지 않는 부분은
　저 앞에 혼자 치고 있는 번개로 족하다.

영도(零度)의 봄
—2010년 4월 14일, 시인 장영수·최용훈에게

이 지구 한 귀퉁이가 또 한바탕 봄을 맞는구나.
꽃 피는 순서 같은 건 휴대폰 없던 시절 일로 돌리고
누구나 근질근질하면 꽃봉오리 터트리는 봄,
아파트에선 진달래와 라일락이 엇비슷이 피고 있
었다.

바람 쏘이기로 날 받은 아침, 불현듯 찬바람 덮쳐와
후배 시인 둘과 차를 몰고 쫓기듯 달려가
만리포 천리포 백리포, 의항포로 이름 바꾼 십리포,
태안군 포구마다 겨울바다를 만났다.
백리포에서 찍은 사진은 두터워진 수평선과 잿빛
하늘까지
  겨울 사진,
  십리포 다음, 몇 해 전 '영포(零浦)'로 이름 달아주
었던
  '구름포' 상공엔 눈구름!
  돌아오는 길에 들른 송악 분기점 부근 배를 개조한
술집 안엔

난로 몇 채 겨울처럼 활활 타고 있었다.

봄과 겨울이 동거하는 이 희한한 사월,
술집 안은 온탕
잠시 머리 식히려 나간 밖은 냉탕
중년 사내 하나가 나무 기둥에 얼굴 박고
어깨를 리드미컬하게 올리고 내리며
소리 없이 울고 있었다.
수평선 위엔 창호지에 그려진 해 같은
붉은 동그라미 하나, 밑에 그어진 금까지 또렷했다.
리듬이 되어 우는 사람 옆에
그만 영(零)!으로 밑줄 친 환한 동그라미 앞에서
봄 하나쯤 건너뛰어도 되겠지.
가까이서 겨울샌지 여름샌지
그럴 만도 하다고 낮게 끼룩댔다.

봄 나이테

C자로 잘룩해진 해안선 허리
잎이며 꽃이며 물결로 설렌다.
노랑나비 한 쌍 팔랑이며 유채밭을 건너고
밝은 잿빛 새 두 마리 앞 덤불에서 뜬금없이 자리
뜬다.
바닷물은 들락날락하며 땅의 맛을 보고 있다.
그냥 흙 맛일까?
바로 뒤통수에서 물결들이 배꼽춤 추고 있는데.

'섬들이 막 헛소리를 하는군.
어, 엇박자도 어울리네.
물결들이 발가벗었어.
바투 만지네, 동그란 섬들의 엉덩이를.'

가까이서 누군가 놀란 듯 속삭이고
바다가 허파 가득 부풀렸다 긴 숨을 내뿜는다.
짐승처럼 사방에서 다가오는 푸른 언덕들
나비들 새들 바람자락들이

여기 날고 저기 뛰어내린다.
누군가 중얼댄다.
'나이테들이 터지네.'
그래, 그냥은 못 살겠다고
몸속에서 몸들이 터지고 있다.

밤꽃 피는 고성(固城)

하지(夏至) 며칠 전
누런 보리들이 들 한가운데 밀집대형으로 버티고
서 있고
파릇한 모 자라는 무논들이 보리를 포위하고 있다.
그 너머론
바다인지 호수인지 물비늘 반짝이는 넓다란 물,
밤꽃 냄새가 사방에
투명 안개처럼 끼어 있다.

하늘의 다락 같은 문수암에 올라보면 아래 물들이
살아 있다.
물속에 머물고 있는 섬들에
봉래산 방장산 영주산 이름을 붙여주다가
조그만 외톨이 섬 하나
그가 무어라 하나 귀 기울이면 가까이서
부리 헐렁한 딱따구리가 따다닥 답한다.
밤꽃 냄새가 투명 안개처럼 흐른다.

이 초여름 천지에 누렇게 익은 보리밭이 되든지
밤꽃 냄새가 되든지
따다닥 소리가 되든지
몸이 헐렁해진 나도 무언가 몸으로 되고 싶어
고성 명품 하모 횟집 앞에서 서성대다 문득 고개를
든다.
따끈한 해가 떠 있고
나지막한 산 하나 동그란 구름 한 장 띄우고 있는
푸른 파스텔 톤으로 한없이 한없이 비어 있는 하
늘……
생각 같은 것 다 치아라!
하모 하모.

염소를 찾아서

움직이는 것 빼고 세상이 온통 풀 짓이겨진 녹색!
마음 한편에 푸른 동그라미 친 곳에 가려고
물 불은 다리 건너서 길을 잃으시면
푸른 화살표 방향으로 가면 됩니다.
뿔 잘린 사슴 하나 열 오른 듯
철창 앞에 곧추 서 있는 미니 목장 뒤
화살표가 가리키는 나무 바로 뒤
지난해 파헤쳐져 몰골 흉측했던 둔덕이
몸에 꽉 끼는 풀 옷 걸쳐 입고
큰 쌀알만 한 흰 꽃들을 자욱이 피워냈습니다.
꽃보다 큰 벌들이 찾아오고
끈에 매인 늙은 염소 하나 성자(聖者)처럼 조용히
무심히
풀 맛을 보고 있군요.

벌들이 오고
벌들이 갑니다.
모든 것이 숨 돌릴 틈 없이 꽉 찬 녹색,

그 속에서 무언가 움직입니다.

입에 풀칠하는 일 그만두고 염소가

끈을 맨 나무 등걸에 뿔을 부비고 있습니다.

가려운 건가? 위엄을 갖추자는 건가?

뭔가 생각해내려는 듯 잠시 고개 숙이고 있다가

문득 생각난 듯 머리 들고 천천히 뒷걸음질 쳐

팽팽해진 목 끈을 네 다리로 버티고 섰습니다.

끈을 몇 번 당차게 젖힙니다.

끈을 벗기려는 건가? 마음 다잡으려는 건가?

순간, 뿔과 어깨를 바싹 좁히고

외길로 나뭇등걸을 향해 달려듭니다.

탁!

산돌림
──지리산 가는 길에, 마종기에게

벗겨도 벗겨도 덮어씌워지는 서울 삶의 그물 벗어
놓고
생수 2와 2분의 1병을 위에 부으며 달려왔다.
길 저 앞에서 산돌림이
산의 어깨를 자욱이 껴안고 물을 뿌리다
홀연 미련 없이 떠나는 것을 차 세우고 바라보고
네가 곁에 있었으면 했다.
휴대폰을 두고 왔군.
이제는 시도 때도 없이 피고 지는 요즘 꽃들보다는
그 꽃들을 찾아 떠도는 벌 나비보다는
비 맞고 그냥 몸을 터는 산이 분명히 좋다.
그 분명함에 홀려 하늘에 해 아직 걸려 있는데
마을에 들러 막걸리 몇 대포 하고
차를 더 몰 수 없어 멀뚱멀뚱 창밖을 내다보며
두 대포 더 하고
여기서 자고 가지, 마음먹었다.
산들이 함께 잠들었다 깨준다면 좋고
밤사이 다들 슬그머니 자리 떠

다음 날 텅 빈 세상 만나게 돼도 그만 견뎌낼 것
같다.
이제야 간신히
무엇에 기대지 않고 기댈 수 있는 자가 되었지 싶다.
네가 조심하라고 한 술은.
술병(病)이 다스릴 것이다.

내비게이터 끈 여행

목적 없이 홀가분도 없이 떠나는 것이
여행 가운데서도 상품(上品)인데
가는 도중 새로 태어난 길 탐나 슬쩍 들었다가
더 새로 태어난 길을 만나
긴요한 일 두고 온 게 불현듯 떠오른 듯
되돌아오면 또 어때?

스테파노의 나폴리 민요가 내비게이터를 꺼버려
대충 방향 잡고 돌아오는 길,
도로가 한갓지다. 나무 솎아낸 말쑥한 숲과
분홍 보라빛 맥문동 한창 핀 옛 동네를 살짝 피했다.
하늘에는 멎은 듯 흐르는 넓은 구름 강물
있다가 없다가 다시 있는 것들의 모습.

이왕 길을 벗어난 김에
물새들과 알 듯 모를 듯 같이 걷는 해변, 번지는 황혼,
금빛 우러낸 빛이 사방에 어른댄다.
바다를 향해 내논 테이블에 간단한 안주와 토속주

한잔,

눈앞에 캠프파이어가 불타는 삶이 꼭 있어야 하겠
나?

하늘에 희한하게 하얀 반달 하나

찾으면 있고, 않으면 없고.

이 환장하게 환한 가을날

이 환장하게 환한 가을날 화왕산 억새들은
환한 중에도 환한 소리로 서걱대고 있으리.
온몸으로 서걱대다 저도 모르게
속까지 다 꺼내놓고
다 같이 귀 가늘게 멀어 서걱대고 있으리.

걷다 보면 낮달이 계속 뒤따라오고
마른 개울 언저리에
허투루 핀 꽃 없고
새소리 하나도 묻어 있지 않은 바람 소리
누군가 억새 속에서 환하게 웃는다.

내려가다 처음 만나는 집에 들러
물 한 잔 청해 달게 마시고 한 번 달게 웃고
금세 바투 몰려드는 무적(霧笛) 같은 어스름 속
무서리 깔리는 산길을
마른 바위에 물 구르듯 내려가리.

세상 뜰 때

올더스 헉슬리*는 세상 뜰 때
베토벤의 마지막 현악사중주를 연주해달라 했고
아이제이어 벌린**은
슈베르트의 마지막 피아노소나타를 부탁했지만
나는 연주하기 전 조율하는 소리만으로 족하다.
끼잉 깽 끼잉 깽 댕 동, 내 사는 동안
시작보다는 준비 동작이 늘 마음 조이게 했지.
앞이 보이지 않는 빡빡한 갈대숲
꼿꼿한 줄기들이 간간이 길을 터주다가
옆에서 고통스런 해가 불끈 솟곤 했어.
생각보다 늑장 부린 조율 끝나도 내가 숨을 채 거
두지 못하면
친구 누군가 우스갯소리 하나 건넸으면 좋겠다.
너 콘돔 가지고 가니?

　* 헉슬리, 영국의 소설가.
** 벌린, 영국의 문화 비평가.

돌담길

세월에 제대로 몸을 담궈 썩지 않고 삭는 곳에
아름다움과 기품이 담긴다지만
제대로 삭혀만 진다면
그런 후식(後食)은 없어도 좋으리.

산청군 단성면 남사마을 돌담길 담장
언젠가 돌들의 근육이 풀려
골목길과 한 때깔 되었다.
늘 그렇듯 덜 삭은 생각을 하며 걷는다.
무언가 다르다는 느낌,
청동기시대의 리듬 속을 걷는 것 같다.
생각이 줄어든다.
양편 담장 안에서 태어나 공중에서 엇박자 X가 되어
 건넌집 담 속을 들여다보는 두 회화나무 밑을 지날
때는
생각이 있다는 것 자체가 유머러스해진다.
하늘 한편에 빙긋 웃고 있는 낮달,
 슬픔도 기쁨도 어처구니없음도

생각 속에 구겨 넣었던 노기(怒氣)도

그냥 느낌들이 되어 마음의 가장자리 쪽으로 녹아

흐른다.

마음의 가장자리는 어디 있는가?

생각들이 느낌에 녹아 짓이겨지다가

돌담으로 일어서며 돌담이 허물어지는 곳.

안개의 끝

눈 뜨자 창 둘을 무겁게 매운 안개
대충 옷 걸치고 민박집을 나선다.
세상이 안개 한 덩이,
뵈지 않는 바다의 웅얼거림이
지난밤 가로등에 언뜻 비친 방파제로 길을 내준다.

깊은 안개 속을 걸으면
무언가 앞서 가는 게 없어 좋지.
발 내디딜 때
생각이나 생각의 부스러기 같은 게 밟히지 않는다.
양편에서 숨죽이고 느낌 주고받는 물소리
방파제를 완만하게 굽혀준다.
안개가 나를 받아들이는군.

잠깐, 소리가 달라져 걸음 멈추자
바로 앞에서 길이 끊기고
콘크리트 네발이들이 허물어지고
바다가 가벼운 신음을 내고 있다.

건너뛸까, 몇 번 눈 귀 대중하다
목소리 바꾼 바다의 마음을 사기로 한다.

돌아오는 길, 하늘이 점차 환해지며
배들의 머리꼭지가 나타나기 시작하고
배에서 생선 상자 내리는 사람들의 어깨가 보이고
달려가는 흰둥이가 보이고
안개가 너울대고
길바닥이 보인다.
안 보이던 바닥이 보이면 다 산 거라고 누가 그랬
던가?
높은 생선 짐 지고 요령 있게 굴러가는 자전거서껀
너울너울 춤추다 슬쩍 춤 걷는 안개서껀 사는 거라면
다 산 삶도 잠시 더 걸치고 가보자.

정선 단풍

10월의 끄트머리
나무들이 한 해 살다, 이거다! 마지막으로 내뿜는 기(氣)를
제때 한번 받아보려 정선에 갔다.

아우라지에서 누굴 기다리는 척
공연히 이리저리 왔다 갔다 하지 않고
정선장에서 추억의 산나물 찾는 듯
쓸데없이 두리번대지 않고
몰운대에 올라 벼락 맞아 죽은 소나무 뼈를
아 이게 얼마만인가, 이 보란 듯 안아보지 않고
그냥 단풍 속으로 들어갔다 나오고 들어갔다 나왔다.

양편에서 색채 불길 자지러지게 타고 있는
새로 갈아입은 색이면 바로 이거다 태우는 숙암 골짜기,
냇물과 돌길이 아기자기하게 헤어졌다 만나고 헤어졌다 만나며

색 바꾸어가며 물이 흐르는 단임 골짜기,

빨강 노랑 주황 적갈색 들

어떤 놈은 계곡물에 뛰어내려 정신없이 한참 돌기
도 했다.

10분 걷자는 것이 한 시간 걸음,

구미정(九美亭) 갔다 오는 길도 한 시간 걸음,

내 핏줄에도 여러 색채들이 흐르며 탔다.

가만, 검은 빛 짙어가는 앞 능선에

홍채(虹彩) 쏠리게 하는 실한 항아리 하나,

속이 타 찬물 뒤집어쓴 꽃귀신들처럼

단풍 색채들이 몸을 씻고 동그랗게 모여

몸놀림 감추고 있다.

단풍이 태우다 태우다 능선에 뱉어논 빛 덩어리?

늦가을 정선이여, 하루의 저녁인지 한 해의 저녁인지,

이 저녁, 한가을이 내장 모두 태워 능선에 올려논

간결한 동그라미 하나

바로 시인들 상징(象徵)살이의 막패가 아니겠는가.

맨가을 저녁

과거는 동굴이었다. 더듬어야 속이 만져졌다.
55년간 서로 상대방을 지우고 산 고교 동창,
(미국도 한데서 돌다 왔다!)
밥집에서 더듬듯 얼굴 알아보고 맥주잔 부딪고
일행 보내고 새로 한 번 더 부딪고
아마 필요 없을 전화번호 이메일 주소 끼적이고
동굴에서 나와 악수하고 헤어졌다.
세월이 강물보다 더 빨리 흘렀다는 얘기를 했던가?
둘이 같이 들여다본 강물 속에
외로이 생각에 잠겨 외발로 서 있던 왜가리 같은
건 없었던가?

광고 모델들이 알맞게 미소 짓고 있는 지하철 타고
돌아오며
무언가 속이 빈 것 같아 마음속을 들여다보았다.
기쁨 슬픔 분노 같은 것들
잘 보이지 않도록 옆으로 치워놓았구나.
기쁨은 기쁨, 슬픔은 슬픔, 분노는 분노, 그 부스

러기들이
　　아직 들어 있는 몸이 어딘데!

　　아파트 동(棟) 입구에서 걸음을 멈춘다.
　　먼 데서 돌아온 듯…… 하긴 꽤 멀리 오긴 왔다.
　　화단엔 철 지난 황국(黃菊)의 희미하고 간절한 냄새,
　　하늘엔 약간 이지러진 창백한 달이 외롭지 않게 떠
있다.
　　쿨하다.
　　셔츠 윗 단추 하나 풀어놓고
　　황국 냄새와 이지러진 달이
　　마음을 다 거덜내도록 내버려둔다.

살고 싶어 그런 거 아냐

봄에 새로 만났지,

지난해 9월 폭우에 쓰러졌던 소나무.

현충원 일꾼들이 일으켜 세워 생흙으로 뿌리 북돋

아주었으나

가을이 지나며 아래부터 차례로 말라

겨우내 어깨 위에 누런 머릿칼 가득 달고 서 있던

나무,

초봄엔 넝쿨 식물들 마음 놓고 감아 오르게 해

아 이게 바로 시신(屍身) 보시(布施)구나, 생각했지.

오늘 보니 허리께에 띄엄띄엄

새 솔잎 몇씩 틔우고 있었어.

죽음을 통째로 머리와 어깨에 인 채

허리와 넓적다리에 초라한 잎 여남은 내밀다니!

개중엔 계속 떨어져 내리는 죽은 머리칼을

뒤집어쓰고 벌써 숨 막혀 죽은 잎도

넝쿨 잎들이 위를 덮어

조그맣고 노랗게 죽어가는 잎도 있었지.

이렇게도 모질게 살아야 하나?
안쓰러움이 앞을 가려 그만 지나치려는데
잎 틔울 염도 못 내는 그늘진 뒷등 슬쩍 보여주며
나무가 조그맣고 낮은 소리로 속삭였어.
'살고 싶어 그런 거 아냐.
병들어 누운 몸, 살던 곳 빼꼼 내다보기지.'

아픔의 맛

지난해 늦장마에 쓰러졌다가 일으켜 세워져
죽은 채 가을 겨울 보내고
봄이 오자 몸살처럼 되살아나
허리 언저리로 쉬지 않고 새잎 내보내던 소나무
이번 큰물에 또 쓰러졌다.
잔뿌리 모두 배에 올려놓고 누웠군!
하며 보니 그 나무였다.
이번엔 누가 일으켜 세우려 들지도 않는구나.
엉덩방아 찧으려는 몸짓마저 못 해보고
쿵! 뿌리째 내동댕이쳐졌을 때
봄부터 조심히 새로 엮어오던 삶 일순 공백이 되었
을 때
나무의 느낌이 어땠을까?
몰려드는 잠 밀치며 하나하나 새로 연결하던 뿌리
의 실핏줄
햇빛 속에 첫 이파리 뾰족히 내밀던 순간의 떨림,
기어오르는 넝쿨 식물들이 새잎 덮어버리거나
위에서 죽은 잎들 쏟아져 내려와 숨통 막으면

다시 조심조심 옆 피부를 찢고 새 이파리 내밀던
마음 조임……

그만 가시라고 실뿌리들이
가볍게 바람에 몸을 흔들었다.

뿌리 뽑혀도 남는 생각이여
나무에게도 추억이 있다고 생각 못 했던 생각이여
나무의 새 삶이 그냥 지워졌다고 생각진 말자.
상처에 생살 돋을 때
상처에 아린 살들 촘촘히 짚어가며 하나씩 꿰매다
확 터지곤 하던
저 아픔의 환한 맛,
이 지구에 생명이, 생명이 묻어 있는 한
지워지겠는가?

몸과 더불어 사는 기쁨

홍 정 선

　인간의 경우 정신의 활동능력이 육체의 활동능력과 반드시 비례하거나 일치하는 것은 아니다. 일반적으로 육체의 활동능력은 이십대나 삼십대가 지나면 하강국면에 진입하지만 비범한 사람들이 특정한 분야에서 보여주는 정신의 활동능력은 나이가 들수록 오히려 상승한다. 황동규가 시 분야에서 보여주고 있는 탁월한 능력이 바로 그런 경우의 대표적 예라 할 수 있다. 그는 오생근의 말을 빌리면 시인의 길에 들어선 후 줄곧 "삶과 시의 바퀴를 힘차게 굴리"는 길을 걸어 왔을 뿐만 아니라 이순의 나이가 지나면서 이전보다 더 정력적으로, 3년에 한 권씩이라 말할 수 있는 양의 시집을 펴냄으로써 "젊은 시인의 힘과 열정을 그대로" 보여주었다. 오생근의 이 말은 시집의 권수만을 이야기하는 것이 아니다. 그것은 그가 사십대 이후에 펴

낸 『나는 바퀴를 보면 굴리고 싶어진다』(1978), 『악어를 조심하라고?』(1986), 『몰운대行』(1991), 『풍장』(1995), 『버클리풍의 사랑노래』(2000), 『겨울밤 0시 5분』(2009) 등 수많은 뛰어난 시집들의 목록이 말해주듯 시적 모색의 방식과 수준에서 꺾이지 않는 상승의 포물선을 그려 보인 까닭이다.

이처럼 황동규는 화갑의 나이가 지나면서 깊이와 포용력을 갖춘 지성으로 삶을 밝고 즐겁게 통찰해 나가는 한편 그 통찰을 정력적으로 언어화함으로써 독자들로 하여금 그의 시적 정점이 언제쯤이 될 것인지를 궁금하게 만들었다. 그런데 칠십대 중반의 나이에 그가 내놓은 이번 시집 『사는 기쁨』은 그의 시적 정점에 대한 세속적 독자들의 호기심을 다시 배반하면서 육체는 늙어가지만 정신은 더욱 투명하게 상승한다는 것을 이전의 어떤 시집에서보다 더욱 또렷하고 원숙하게 입증하고 있다. 그가 이번 시집에서 보여주는, '칠십대 중반이라는 육체적 나이에'가 아니라 '그 나이 때문에 발휘하게 된'이라고 말해야 할, 환하고 따뜻한 상상력과 매너리즘을 거부하는 싱싱한 언어가 그 증거인 것이다. 잠시 그 증거를 구체적으로 확인해보자.

느낌과 상상력을 비우고 마감하라는 삶의 끄트머리가
어찌 사납지 않으랴!
예찬이여, 아픔과 그리움을 부려놓는 게 신선의 길이라면

그 길에 한참 못 미치는

아이들의 웃음소리 간간이 들리는 곳에서 말을 더듬는다.

벗어나려다 벗어나려다 못 벗어난

벌레 문 자국같이 조그맣고 가려운 이 사는 기쁨

용서하시게.

　　　　　　　　　　　　—「사는 기쁨」부분

　황동규는 이번 시집의 표제작인 「사는 기쁨」이란 긴 시
에서 "삶의 끄트머리"에 서기까지의 과정을 돌아본 후 그
시의 마지막 분분에서 자신의 현재적 삶을 가리키며 "벌레
문 자국같이 조그맣고 가려운 이 사는 기쁨/용서하시게"
라고 썼다. 이번 시집에 수록된 시들의 마지막 부분에서
즐겁게 자주 마주칠 수 있는 이같이 밝게 빛나는 표현은
필자 생각으로는 오직 황동규만이 만들어내고, 황동규만
이 온전하게 구사할 수 있는 독특한 어법이다. 작고 겸손
한 욕망을 "용서하시게"로 받으며 의미의 진폭을 언어의
극한까지 넓힌 이 같은 함축적 표현으로 말미암아 그의 시
는 맛있게 읽을 수 있는 싱싱한 작품으로 탄생하고 있다.
또 그래서 그의 시는 육체의 노쇠에 편승하기를 거부하는
시인정신의 승리가 되고 있다. 이 구절 속에 응축된, 세상
과 사물의 이치를 어느 정도 들여다볼 수 있게 된 사람의
성숙함과 지혜로움, 자신의 분수와 능력을 알고 인정하는
사람의 자족감과 겸손함, 그리고 무엇보다 "벌레 문 자국

같이 조그맣고 가려운"이란 표현과 "용서하시게"란 돌연한 해학적 말투로 그러한 의미를 담아내는 시인의 능력을 찬찬히 음미해보라! 우리는, 그가 만들어낸 이런 비유적 표현을 통해 그의 시가 우리에게 얼마나 커다란 '읽는 기쁨'을 선사하는지를 깨닫게 되는 것이다. 그리고 그런 표현과 함께 또 다른 훌륭한 표현인 "짐승처럼 사방에서 다가오는 푸른 언덕들"(「봄 나이테」)이나 "바다의 감각이 몸부림치며 바위에 몸을 던져/몸부림을 터는,/터는 듯 다시 몸을 던지는 소리"(「물소리」)와 같은 뛰어난 비유적 표현을 만날 때 뛰어난 시는 뛰어난 비유적 이미지 없이는 불가능하다는 사실을 재확인하게 된다.

황동규는 이번 시집의 도처에서 늙은 몸에 대해, 인생의 종점을 눈앞에 둔 처지에 대해 이야기한다. 이를테면 다음과 같은 식으로 자신이 삶과 죽음의 경계에 가까이 와 있다는 것을 말하고 있다.

> 지금 내 삶의 좌표를 그린다면 고교 수학시간에 익힌
> 곡사 포탄 낙하지점 상공의 포물선 기울기일 것이다.
> 망막이 뿌예지는 막막한 하강……
> ──「혼」 부분

그가 이처럼 자신이 위치한 '삶의 좌표'에 대해 신경을

쓰게 된 것은 나이가 들수록 활동을 제약하는 육체 때문이다. 육체의 노쇠가 그의 행동반경과 사회적 관계를 위축시키고 삶의 방식을 변화시키는 까닭이다. 우리는 그의 이번 시집 『사는 기쁨』의 이곳저곳에서 시적 화자가 감기 때문에, 날씨 때문에, 약해지는 시력과 청력 때문에, 기억력의 감퇴 때문에, 발뒤꿈치 때문에, 치아 때문에, 다친 골반과 척추 근육 때문에 활동에 어려움을 겪는 모습을 발견한다. 그리고 노쇠한 육체로 말미암아 매일하던 산책을 거르고, 친구들과의 정해진 만남에 빠지고, 반복되던 일상적 생활의 리듬이 깨지는 모습에 마주친다.

감각 반납(返納) 수순인가?
언제부터인가 세상의 수군수군들이
귀 방충망에 걸러지고 있다.

—「서방 정토」 부분

누구누구 선생이시죠, 넣은 전화
통화 도중 그 이름이 증발했다.
말 얼버무리다가 떠오른 생각
아 이게 바로 막장!

—「시네마 천국」 부분

장애는 면했군. 오늘 아침 등 꽉꽉 땅기는 바람에 나도 모르게 헉헉 소리 지르며 의자 등에 붙어 간신히 직립했지. 진땀! 침팬지처럼 상체 엉거주춤하고 살던 유인원들이 320만 년 전 루시네 식구처럼 직립하기로 작정했을 때 척추 근육이 얼마나 땅겼을까. 그 땅김이 그네들을 인간으로 내몰지 않았을까.

—「허공에 기대게!」부분

그럼에도 이번 시집에서 노쇠한 육체나 인생의 종점을 화두로 삼아 완성해놓은 그의 시들은 놀라울 정도로 명랑하다. 육체의 노쇠는 어디까지나 시를 시작하는 도입부에 지나지 않을 뿐 한 편의 시 전체를 지배하는 밝고 환한 이미지를 훼손하지 못한다. 그리고 시의 메시지도 명랑성과 낙관성을 잃지 않아서 어둡거나 우울하지 않다. 이번 시집에 수록된 시들 중 비교적 짧은 시 한 편을 예로 들어보겠다.

올더스 헉슬리는 세상 뜰 때
베토벤의 마지막 현악사중주를 연주해달라 했고
아이제이어 벌린은
슈베르트의 마지막 피아노소나타를 부탁했지만
나는 연주하기 전 조율하는 소리만으로 족하다.
끼잉 깽 끼잉 깽 댕 동, 내 사는 동안

시작보다는 준비 동작이 늘 마음 조이게 했지.

앞이 보이지 않는 빽빽한 갈대숲

꼿꼿한 줄기들이 간간이 길을 터주다가

옆에서 고통스런 해가 불끈 솟곤 했어.

생각보다 능장 부린 조율 끝나도 내가 숨을 채 거두지 못
하면

친구 누군가 우스갯소리 하나 건넸으면 좋겠다.

너 콘돔 가지고 가니?

　　　　　　　　　　　　　　　　　　——「세상 뜰 때」 전문

예로 든 「세상 뜰 때」는 이번 시집에 수록된 작품 중 특
별히 뛰어난 작품이라 할 수는 없으나 최근 일련의 시집들
에서 황동규 시가 보여준 변화, 그러면서 이번 시집에서
더욱 강화되어 나타난 밝고 해학적인 색조로의 변화를 비
교적 잘 보여주는 작품이다. 우리 인간에게 죽음은 알 수
없는 어둠의 세계로 넘어가는 일이며, 그래서 죽는다는 것
은 누구에게나 두려운 사건이다. 이 슬프고 두려운 사건인
죽음을 소재로 삼아 황동규는 위의 시에서 평소 음악을 애
호하는 사람답게 "나는 연주하기 전 조율하는 소리만으로
족하다"는 겸손함으로, 일상적인 여행을 떠나듯 "너 콘돔
가지고 가니?"란 우스갯소리로 죽음에 수반된 두려움을
멀리 밀어내고 있다. 그리하여 이 시가 어두운 이미지를
벗어나 밝고 해학적으로 느껴지게끔 만들어놓고 있다. 그

렇게 함으로써 그는 우리를 죽음에 대한 공포로부터 자유스럽게 해주고, 죽음은 슬프고 두려운 것이라는 고착된 관념이 주는 억압으로부터 풀려나게 해준다.

　친구와의 이별을 다룬 아래 시는 위의 시와 거의 유사한 수법의 작품이다. 이번 시집에 수록된 작품 중 가장 짧은 작품이지만 발상의 전환을 통해 인생의 종점이란 초조하고 각박한 시간대를 살고 있는 자신을 푸근하고 넉넉하게 만들려는 모습이 무척 흥미로우며, 이번 시집이 담고 있는 '사는 기쁨'을 선명하게 보여주는 작품들을 이해하는 단서가 된다는 점에서 주목해볼 가치가 있다.

　　늙마에 미국 가는 친구

　　이메일과 전화에 매달려 서울서처럼 살다가

　　자식 곁에서 죽겠다고 하지만

　　늦가을 비 추적추적 내리는 저녁 인사동에서 만나

　　따끈한 오뎅 안주로

　　천천히 한잔할 도리는 없겠구나.

　　허나 같이 살다 누가 먼저 세상 뜨는 것보다

　　서로의 추억이 반짝일 때 헤어지는 맛도 있겠다.

　　잘 가거라

　　박테리아들도 둘로 갈라질 때 쾌락이 없다면

　　왜 힘들여 갈라지겠는가?

허허.

———「이별 없는 시대」 전문

위에 시에서 보여주는 이별은 고통스런 이별이다. 여기에 등장하는 친구는 화자와 몹시 가깝게 지낸 친구가 틀림없는데 그런 친구와 살아서 다시 만나기 어려운 이별을 하고 있는 까닭이다. 그런데 황동규는 이 같은 힘든 상황을 발상의 전환을 통해 전복시킨다. "허나 같이 살다 누가 먼저 세상 뜨는 것보다/서로의 추억이 반짝일 때 헤어지는 맛도 있겠다"는 생각을 함으로써, 박테리아가 "쾌락이 없다면/왜 힘들여" 둘로 갈라지겠느냐는 기발한 전복적 상상력을 펼침으로써 고통스런 이별을 무화시킨다. 따라서 마지막 행의 "허허"라는 웃음소리는 밝고 환한 목소리라고 말할 수는 없으나 분명히 고통스런 신음의 상태는 벗어나 있다. 황동규 시의 화자는 이렇게 발상의 전환을 통해 친구가 떠나고, 행동거지가 불편해지고, 생활반경이 좁아지는 상황 속에서 스스로를 위무하는 방식으로 나름대로 '사는 기쁨'을 줍고 획득한다.

황동규의 이번 시집을 관류하는 커다란 주제는 '사는 기쁨'이며, 수록된 시들은, 엄격히 말해 상당수의 시들이 느슨하게 말해 대부분의 시들이, '사는 기쁨'을 이야기하고 있다. 예컨대 그는 「이 환장하게 환한 가을날」에서는 서걱대는 "화왕산 억새들" 사이를 걷는 기쁨을, 「살구꽃과 한

때」에서는 "아 하늘의 기둥들"이라고 감탄한 "구름처럼 피고 있는 살구꽃"을 보는 기쁨을, 「발 없이 걷듯」에서는 자신보다 장애가 심한 젊은 여자가 수화를 하며 짓는 "참을 수 없이 기쁜 표정" 앞에서 발이 아픈 것을 잊어버리는 기쁨을, 「안개의 끝」에서는 안개 긴 바닷가를 걸으며 "다 산 삶도 잠시 더 걸치고 가보자"는 생각을 얻는 기쁨을 우리에게 들려주고 있다.

그렇다면 황동규가 이번 시집을 그처럼 '사는 기쁨'에 충만한 시집으로 만들 수 있었던 이유는 어디에 있는 것일까? 그 이유를 필자는 생각의 전환, 좀더 정확히 말해 선불교적인 발상으로의 전환 때문이라고 생각한다. 눈앞에 보이는 현상, 우리를 둘러싼 상황이 반드시 본질적인 것은 아니며 생각하는 주체의 인식 태도에 따라 그것들과의 관계가 달라질 수 있다는 것을 황동규는 자신의 시를 통해 우리에게 어떤 철학적 이론보다도 더 또렷하게 각인시켜주고 있다. 예컨대 다음 시를 보자.

현관문이 열리고
눈매 잔잔한 그가 모이 주머니 들고 나오네.
부르지도 않았는데 곤줄박인가 검은머리새들
여남은 마리 날아들어 재게 걸으며 끝이 흰 뾰족한 부리로
연신 모이 쪼기 바쁘고
한 마리는 모이 든 손에 날아와 앉아

밤빛 배 쓸적슬쩍 보라는 듯 회청색 날개 퍼덕이네.

손에 오른 새 앞에 두고 다른 팔은 벌리고

발걸음 길게 짧게 길게

그가 원을 그리며 신명나게 몇 바퀴 돌았네.

삶이 뭐 별거냐?

몸 헐거워져 흥이 죄 빠져나가기 전

사방에 색채들 제 때깔로 타고 있을 때

한 팔 들고 한 팔은 벌리고 근육에 리듬을 주어

춤을 일궈낼 수 있다면!

—「북한강가에서」부분

　황동규는 위의 시에서 "삶이 뭐 별거냐?"는 물음을 던
진다. 그리고 우리가 "제 때깔로 타고 있을 때" 자기 나름
의 신명을 따라 일궈내는 춤, 그것이 소중한 삶이 아니겠
느냐는 생각을 드러낸다. 사람들은 늘 이렇게 사는 것이
더 값지다거나 저렇게 사는 것이 더 의미 있다고 끊임없이
판단한다. 그런데 진짜 삶은 그런 것이 아니다. 남루하건
부유하건, 주목받건 주목받지 않건 삶의 주체인 '나' 자신
이 흥겹게 신명나게 일구는 삶이 진짜 삶이고 소중한 삶이
다. 이 같은 발상을 그는 위의 시에서 보여주고 있다.

　그리고「하루살이」란 시에서는 이렇게 쓴다. "아 하루
살이, 자신을 우습게 보며 즐길 내일마저 우습게 보는!"이
라고. 이 시에서 화자는 "지난 비에 쓰러진 나무가 길을

막고" "차 돌리려 뒷걸음치다 후미등 하나 깨트리고", 해는 서산으로 뉘엿뉘엿 넘어가는 걱정스런 처지에 있다. 그러나 하루살이는 그런 화자의 모습과 너무나 대조적이다. 시의 화자는 현재의 처지를 난감해하고 내일 해야 할 일을 걱정하며 안절부절 못 하고 있는데, 하루살이는 자신을 우습게 볼 뿐만 아니라 내일까지도 우습게 보며 즐겁게 팔랑거리고 있다. 물론 여기에서 화자가 '우습게 본다'고 말하는 것은 자신과 미래를 하찮게 여긴다는 뜻을 담고 있는 것은 아니다. 그보다는 자신에 대한 지나친 집착과 초조, 미래에 대한 과도한 기대와 걱정이 삶을 망가뜨리는 행태로부터 자유롭다는 의미일 것이다.

황동규는 이렇듯 자신이 마주치는 인간, 자연, 동물, 식물 등에 대한 특유의 호기심과 깊이 있는 관찰을 통해 늙어가는 육체와 더불어 즐겁게 살아갈 수 있는 지혜, 낡아서 삐걱거리는 육체와 사이좋게 살아갈 수 있는 발상의 전환을 획득한다. 그 모습을 우리는 「돌담길」이란 시에서 화자가 오래된 돌담길을 걸으며 "슬픔도 기쁨도 어처구니없음도/ 생각 속에 구겨 넣었던 노기(怒氣)도/그냥 느낌들이 되어 마음의 가장자리 쪽으로 녹아 흐"르는 상태를 경험하는 장면에서 읽을 수 있다. 또 "생각이 있다는 것 자체가 유머러스해" 보이는 상황에서도 읽을 수 있다.

필자가 보기에 황동규가 '사는 기쁨'을 온전하게 구가하기 위해서는 앞에서와 같은 발상의 전환뿐만 아니라 「소년행(行)」의 첫머리에서 보여준, "힘들게 들쳐보다 서둘러 닫게 되는," 유년기의 상처들을 다스려서 치유하는 과정, 피난시절의 어두운 기억으로부터 해방되기 위한 발상의 전환 역시 필요했던 것 같다. 그의 시에 나오는 소년은 생존을 위해 신문뭉치를 끼고 대구 거리를 달려야 했던 소년이며, 단속에 걸어차이면서 담배와 껌과 초콜릿을 팔아야 했던 소년이다. 그런 점에서 황동규의 「소년행(行)」은 호사스런 생활을 그린 이백의 「소년행(少年行)」보다는 고통스런 생활 속에서 자아를 모색하는 김남천의 「소년행(行)」에 가깝다. 그 피난시절에 대해 황동규는 다음처럼 힘들고 두려운 기억을 가지고 있다.

상처 입은 짐승들처럼 과거가 웅크리고 있는 무대에
점점 더 무겁게 처지는 막
힘들게 들쳐보다 서둘러 닫게 되는,
들쳐지면 무엇엔가 걸려 잘 닫기지 않는.

—「소년행(行)」 부분

그러나 황동규가 어떤 절차나 방식을 통해 과거와 화해를 했는지, 어떻게 두려움 없이 과거를 직시하게 되었는지 이번 시집은 분명히 말해주고 있지 않다. 그렇지만 이번 시집에 수록된 밝고 환한 수많은 시편들로 미루어 과거의 상처를 덧나지 않게 다스릴 수 있는 상태, 혼자서도 두려움 없이 자신을 유지하고 감당할 수 있는 상태에 도달한 것만은 틀림없어 보인다. 이 문제를 두고 쓴 것은 아니겠지만 그는 어쨌건 「산돌림」이란 시에서 "다음 날 텅 빈 세상 만나게 돼도 그만 견뎌낼 것 같다./이제야 간신히/무엇에 기대지 않고 기댈 수 있는 자가 되었지 싶다"고 오랜 친구인 마종기에게 고백하고 있기 때문이다.

황동규의 이번 시집에 수록된 가장 뛰어난 시들의 상당수는 앞에서 말한 발상의 전환을 통해 자신과 인간과 사물의 모습에 대해, 있는 그대로의 상태에 대해 따뜻한 이해와 공감의 눈길을 보내는 지혜, 노쇠한 육체와 함께 불평 없이 사는 방식을 보여주는 시들이다. 황동규 특유의 어투와 해학을 유감없이 과시하며 늙어가는 육체 때문에 일상생활에서 일어난 착오를 짜증스러움 없이 재미있게 들려주는 「뒷북」은 그런 경우의 대표적 예이다.

> 방에 돌아와 컴퓨터 모니터 앞에 앉으니
> 시행들이 먼저 춤추며 나서는구나.
> 이거 금요일 밤 홍대 앞인가,
> 젊은이들 노는 데 잘못 들어온 거 아냐?
> 허나 몇 달 묵은 시도 춤추려 나서는데
> 잘못 들어왔더라도 그냥 나갈 수야,
> 뒷북이라도 치자꾸나.
> 둥둥, *2미터 아래로 떨어진 건 꿈꾸듯 세상 뛰어내리기.*

둥둥, 뛰어내려 보니 언뜻 몸 낮춘 세상
막혔던 시의 불빛 보이누나, 둥둥,
하, 0미터 높이에서도 뛰어내리자, 둥둥둥.

　　　　　　　　　　　　　　　　―「뒷북」 부분

　이 시는 "9시를 11시로 술 마시고 멋대로 잠을 불렀구
나"란 구절에서 보듯 규칙적 생활에 일어난 사소한 착오를
모티프로 한 시이다. 그러나 그 사소한 착오는 "등어리도
등어리지만 요새 나 정말 왜 이러지?"란 구절로 보아 한
가지 사건만 우연히 발생한 것이 아니다. 육체가 늙어가면
서 이런 저런 착오와 사건들이 겹쳐서 일어났기 때문에 그
렇게 썼을 것이다. 그렇지만 황동규는 그것을 위의 시에서
보듯 불평하며 짜증스럽게 보고하는 것이 아니라 참으로
흥겹게 해학적으로 한 편의 시로 만든다. 불평과 짜증이
왜 없겠으리요마는 그런 것들이 늙어가는 육체가 발생시키
는 착오를 교정해줄 가능성은 크지 않다. 이 사실을 잘 알
고 있는 황동규는 늙어가는 육체가 만든 상황과 대립하기
보다는 그런 상황과 "둥둥둥" 더불어 사는 즐거움의 세계
속으로 들어간다.
　이번 시집에서 「사는 기쁨」 「허공에 기대게!」 「뒷북」 등
의 작품과 함께 가장 주목할 만한 작품으로 꼽고 싶은 「봄
나이테」는 황동규가 보는 기쁨에 한껏 도취해 있는 모습을
보여주는 빼어난 시이다.

가까이서 누군가 놀란 듯 속삭이고

바다가 허파 가득 부풀렸다 긴 숨을 내뿜는다.

짐승처럼 사방에서 다가오는 푸른 언덕들

나비들 새들 바람자락들이

여기 날고 저기 뛰어내린다.

누군가 중얼댄다.

'나이테들이 터지네.'

그래, 그냥은 못 살겠다고

몸속에서 몸들이 터지고 있다.

—「봄 나이테」부분

　필자가 이 시를 빼어나다고 말하는 것은 첫머리에서 지적했듯 "바다가 허파 가득 부풀렸다 긴 숨을 내뿜는다./짐승처럼 사방에서 다가오는 푸른 언덕들"과 같은 탁월한 비유적 이미지 구사하고 있어서이기도 하고, 황동규의 전매특허라 할 수 있는 "섬들이 막 헛소리를 하는군./어, 엇박자도 어울리네"와 같은 생동하는 어투를 적절히 배치하고 있어서이기도 하지만, 그것들보다는 위에 인용한 부분에서 무럭무럭 번져 나오는 명랑하고 충만한 봄기운 때문이다. 지금까지 약동하는 봄기운을 그린 가장 뛰어난 시는 김영랑의 「오월(五月)」이라고 생각해온 필자에게 「봄 나이테」는 또 하나의 경이이다. 대지를 가득 채우며 번져가는 봄기운과, 이 봄기운 앞에서 참을 수 없다는 듯 몸을 터뜨리는 생명체들의 모습이 "여기 날고 저기 뛰어내린다" 란 표현과 "몸속에서 몸들이 터지고 있다"란 표현 속에 너무나 여실하게 살아 있다. 이 시가 그려내는 약동하는 생명의 흥겨움이 읽는 사람마저 봄 신령이 지핀 듯 못 견디게 만들고 있다.

황동규의 이번 시집을 읽는 것은 필자에게는 무서운 즐거움이다. 칠십대 중반이란 노년의 나이에도 이처럼 뛰어난 발상을 보여주는 시, 싱싱하게 살아 있는 비유적 이미지를 구사한다는 사실은 인간의 정신에 대한 무섭고 즐거운 존경을 불러일으킨다. 그와 함께 황동규의 시는 어디까지 상승할 것인가란 의문을 떨칠 수 없게 만든다. 그의 육체는 착지점을 찾는 곡사포의 포탄처럼 땅을 향해 하강하고 있을지 모르나 그의 정신은 하강곡선을 망각한 채 여전히 상승의 포물선을 그리고 있다. 그렇다면 그의 시는 정점이 곧 종점이 될 것인가! 이번 시집은 이 같은 의문으로부터 필자 역시 벗어날 수 없게 만든다. 그렇지만 정점을 종점으로 삼는 시인이 있다면 그것은 시를 사랑하는 우리 모두에게 무섭고도 즐거운 모범이 될 것임에 틀림없다. 그런 점에서 이번 시집에서 인생의 종점을 향해가는 황동규가 생산한 신선하고도 해학적인, 그래서 빛나는 표현의 한 구절을 다시 예로 들면서 이 글을 마친다.

이 세상에서 나갈 때

아직 술맛과 시(詩)맛이 남아 있는 곳에 혀나 간 신장 같
은 걸

슬쩍 두고 내리지 뭐.

땅기는 등어리는 등에 붙이고 나가더라도.

—「장기(臟器) 기증」부분 ▨